Los girasoles ciegos

Alberto Méndez

Los girasoles ciegos

EDITORIAL ANAGRAMA

BARCELONA

Diseño de la colección: Julio Vivas y Estudio A
Ilustración: foto © Hulton-Deutsch Collection / CORBIS

Primera edición: enero 2004
Trigésima tercera edición: noviembre 2013

© EDITORIAL ANAGRAMA, S. A., 2004
Pedró de la Creu, 58
08034 Barcelona

ISBN: 978-84-339-6855-5
Depósito Legal: B. 35393-2011

Printed in Spain

Reinbook Imprès, sl, av. Barcelona, 260 - Polígon El Pla
08750 Molins de Rei

A Lucas Portilla (in memoriam)
A Chema y Juan Portilla, que conocen la ausencia

Superar exige asumir, no pasar página o echar en el olvido. En el caso de una tragedia requiere, inexcusablemente, la labor del duelo, que es del todo independiente de que haya o no reconciliación y perdón. En España no se ha cumplido con el duelo, que es, entre otras cosas, el reconocimiento público de que algo es trágico y, sobre todo, de que es irreparable. Por el contrario, se festeja una vez y otra, en la relativa normalidad adquirida, la confusión entre el que algo sea ya materia de historia y el que no lo sea aún, y en cierto modo para siempre, de vida y ausencia de vida. El duelo no es ni siquiera cuestión de recuerdo: no corresponde al momento en que uno recuerda a un muerto, un recuerdo que puede ser doloroso o consolador, sino a aquel en que se patentiza su ausencia definitiva. Es hacer nuestra la existencia de un vacío.

CARLOS PIERA, «Introducción» a Tomás Segovia:
En los ojos del día: antología poética

Primera derrota: 1939
o
Si el corazón pensara dejaría de latir

Ahora sabemos que el capitán Alegría eligió su propia muerte a ciegas, sin mirar el rostro furibundo del futuro que aguarda a las vidas trazadas al contrario. Eligió entremorir sin pasiones ni aspavientos, sin levantar la voz más allá del momento en que cruzó el campo de batalla, con las manos levantadas lo necesario para no parecer implorante y, ante un enemigo incrédulo, gritar una y otra vez «¡Soy un rendido!».

Bajo un aire tibio, transparente como un aroma, Madrid nocheaba en un silencio melancólico alterado sólo por el estallido apagado de los obuses cayendo sobre la ciudad con una cadencia litúrgica, no bélica. «Soy un rendido.» Durante dos o tres noches, nos consta, el capitán Alegría estuvo definiendo este momento. Es probable que se negara a decir *me rindo* porque esa frase respondería a algo congelado en un instante cuando la verdad es que él se había ido rindiendo poco a poco. Primero se rindió, después se entregó al enemigo. Cuando tuvo oportunidad de hablar de ello, definió su gesto como una victoria al revés. *«Aunque todas las guerras se pagan con los muertos, hace tiempo que luchamos por usura. Tendremos que elegir entre ganar una guerra o conquistar un cementerio»*, concluía en

13

una carta que escribió a su novia Inés en enero de 1938. Ahora sabemos que él, sin saberlo, había rechazado de antemano ambas opciones.

Sabiendo ahora lo que sabemos de Carlos Alegría, podemos afirmar que durante el tránsito entre las dos trincheras sólo escuchó el alboroto de su pánico. Todos los ruidos, todas las explosiones, todos los gritos, fueron absorbidos por el silencio de la noche. Madrid estaba al fondo como un escenario, salpicando la tibieza del aire con los perfiles de una ciudad apagada que la luna dibujaba a su pesar. Madrid se agazapaba.

Así comenzó la derrota del capitán Alegría. Durante tres largos años había observado a ese enemigo desarrapado y paisano, resignado a que otro ejército, el suyo, anonadara esa ciudad inmóvil, silenciosa, que había trazado sus límites al azar, tras unas trincheras desde las que hacía tiempo nadie esperaba un ataque.

«*La violencia y el dolor, la rabia y la debilidad, se amalgaman con el tiempo en una religión de supervivencias, en un ritual de esperas donde entonan la misma salmodia el que mata y el que muere, la víctima y su verdugo; ya sólo se habla la lengua de la espada o el idioma de la herida*», escribió Alegría a su profesor de Derecho Natural en Salamanca dos meses antes de rendirse al enemigo.

Tres años dedicado a la intendencia con el rigor maniático del agrimensor, con la intransigencia del hijo único, para que nadie obtuviera un proyectil sin la orden oportuna ni a nadie le faltara el rancho para seguir combatiendo. Fueron también tres años escrutando la derrota con los prismáticos verdosos que su centro de Intendencia distribuía regularmente entre los estrategas de la guerra, entre los observadores del combate, entre los curiosos de la muerte. Los horrores que no vio se los habían contado.

Desde su adarve, observaba al enemigo, le veía ir y venir de la oficina al frente, del frente al taller, del ejército a la familia, de la rutina a la muerte. Al principio pensó que era un ejército sin alma de ejército y que por ello debería ser vencido. Con el tiempo, llegó a la conclusión –y así lo reflejó en sus cartas– de que era un ejército civil, *«que es lo mismo que ser un ave subterránea o una alimaña angélica»*. Finalmente, viéndoles guerrear como quien ayuda al vecino a cuidar a un familiar enfermo, la idea de que eran hombres nacidos para la derrota convirtió a aquellos milicianos en un inventario de cadáveres. Siempre lleva las de perder el que más muertos sepulta.

La primera vez que el capitán Alegría estuvo cerca del riesgo fue, precisamente, el día que comienza esta historia. Su decisión no fue la de unirse al enemigo sino rendirse, entregarse prisionero. Un desertor es un enemigo que ha dejado de serlo; un rendido es un enemigo derrotado, pero sigue siendo un enemigo. Alegría insistió varias veces sobre ello cuando fue acusado de traición. Pero eso ocurrió más tarde.

En una confidencia inoportuna que días más tarde utilizaría el fiscal militar para pedir su muerte con ignominia, Alegría confesó a un suboficial intachable que los defensores de la República hubieran humillado más al ejército de Franco rindiéndose el primer día de la guerra que resistiendo tenazmente, porque cada muerto de esa guerra, fuera del bando que fuera, había servido sólo para glorificar al que mataba. Sin muertos, dijo, no habría gloria, y sin gloria, sólo habría derrotados.

Aunque se unió al ejército sublevado en julio de 1936, al principio estuvo bajo la indecisión de sus mandos, que no veían en aquel alférez provisional las cualidades de un guerrero y que destinaron finalmente a Intendencia, donde

15

su rectitud y su formación serían más útiles que en el campo de batalla. Sin embargo, sabemos por los comentarios a sus compañeros de armas que un cansancio sumergido y el pasar de los muertos le transformó, según sus propias palabras, en un vivo rutinario. Aun así, a finales de 1938, fue ascendido al grado de capitán para premiar su celo.

Soy un rendido.

Es probable que el tipógrafo armado con un fusil que desplazó el várgano de la alambrada para hacerse cargo de un capitán del ejército sublevado nunca llegara a saber que así comenzaba otro caos que sólo tangencialmente tenía algo que ver con esa guerra.

Nadie disparó. Cuando llegó al borde de una trinchera republicana, varios hombres vestidos de paisano le apuntaron con sus armas asustados y amenazantes. Obedeciendo una orden, saltó al interior de la trinchera y alguien en la oscuridad le despojó de la pistola que llevaba al cinto. No opuso resistencia. El arma estaba limpia, brillante y engatillada; jamás había disparado. Para el capitán Alegría desprenderse de ella hubiera sido contravenir las ordenanzas. Se rendía, es cierto, pero en perfecto estado de revista.

No había nada fiero ni castrense en su aspecto: más bien parecía un pasante de notario disfrazado de soldado: una cara redonda y apelotonada alrededor de unas gafas también redondas coronaba un cuerpo que, de no ser por la gorra de plato, hubiera parecido diminuto. Todos los testimonios que hemos encontrado hablan de cierta altivez en su actitud a pesar de su obediencia. Acató todas las órdenes como si las esperara en la misma secuencia en que se produjeron.

Primero estuvo de rodillas con las manos en la nuca, luego boca abajo con las manos en la nuca, después tuvo que caminar con las manos en la nuca atravesando un dédalo de trincheras donde hombres desarrapados vigilaban un horizonte oscuro e invisible y, por último, con las manos en la nuca, salió a un claro de la arboleda donde un capitán con abrigo de felpa le observó de arriba abajo a la luz de un candil de carburo. Todas las órdenes le habían sido susurradas por sus apresadores, pero aquel militar desarbolado que tenía enfrente no tuvo ningún reparo en preguntarle a voz en grito qué coño hacía allí.

—El Comité de Defensa de Madrid va a rendirse mañana o pasado mañana —dijo Alegría en un tono que contrastaba con el de la pregunta.

—¿Por eso te rindes? No jodas.

—Por eso.

La conversación se disipó en cuchicheos y frases susurradas por aquellos soldados sin uniforme, aunque hasta él sólo llegaban sus miradas curiosas y sus sonrisas condescendientes. Le tomaron por un loco.

Hubiera querido explicar por qué abandonaba el ejército que iba a ganar la guerra, por qué se rendía a unos vencidos, por qué no quería formar parte de la victoria. Pero la rudeza de esos hombres le desanimó y decidió guardar otra vez silencio.

¿Cómo podía ser la vida de esos hombres desastrados algo de valor para pagar una guerra? ¿Acaso no sabían que morirían por usura? ¿Acaso ignoraban que la implacable disciplina se llevaría por delante a cuantos estaban resistiendo?

Recorriendo los pinares de la Dehesa de la Villa, fue conducido a pie hasta la calle Francos Rodríguez, donde aguardaron el paso de una camioneta que regresaba de repartir munición en el frente noroeste de Madrid. Eran casi las tres de la mañana. Le acomodaron sobre unos fardos en la caja sin entoldar y, vigilado por dos hombres armados, emprendieron la marcha. Ya era un prisionero.

Donde se encuentran las calles Bravo Murillo y Alvarado, un grupo detuvo la camioneta. Con ellos había un hombre herido que fue subido en andas y acomodado junto al capitán Alegría. Tenía el hombro derecho destrozado por una bala y una cura de urgencia no lograba detener la sangre que manaba a través de la compresa. Se quejaba sordamente, como si quisiera no molestar o pretendiera pasar desapercibido. Gracias a él sabemos que el prisionero trató de ayudarle a contener la hemorragia de su herida.

Al ver a Alegría, preguntó:

—Y éste ¿qué hace aquí?

—Es un desertor —dijo uno de los soldados.

—Soy un rendido —corrigió Alegría.

—Pégale un tiro —sugirió lacónicamente el herido.

—Mañana o pasado Segismundo Casado va a rendirse —explicó Alegría.

—Ya. Y por eso te has rendido. No me jodas.

La camioneta se detuvo ante el Hospital General de Cuatro Caminos. Dos soldados, esta vez con uniforme reglamentario, ayudaron a descender al herido y uno de ellos, al ver de cerca el uniforme de Alegría, preguntó:

—¿Y ése?

—Es un desertor.

Silencio.

Nadie le hizo caso. Los gestos de dolor, el hombro herido, la oscuridad y el ruido de la camioneta impidieron otras aclaraciones. Destartaladamente se pusieron en marcha y destartaladamente recorrieron el camino hasta la Capitanía General. Madrid estaba apagada, pero no vacía. Aunque eran más de las tres de la madrugada había mucha gente en las aceras. A medida que se fueron acercando al centro, el número de transeúntes aumentaba y en la Puerta del Sol un ir y venir de soldados y civiles –casi en silencio– confería a la plaza un aspecto de hormiguero.

Embocaron la Calle Mayor y no se detuvieron hasta llegar al interior de la Capitanía General. Allí todos los hombres estaban uniformados, saludaban militarmente a sus superiores y la graduación de cada uno de ellos estaba significada en los galones y en las estrellas reglamentarias. Estar otra vez entre militares profesionales tranquilizó al capitán Alegría porque con ellos sabía cómo comportarse, entendía sus gestos y sus claves. El ejército, fuera del bando que fuera, era para él lo mismo que el mapa para el viajero: todos ocupaban su lugar en el espacio y estaban definidas todas las distancias.

Aquel patio debió de parecerle un claustro desdicho por una actividad febril y un ajetreo impropio del lugar. Uno de los soldados de su escolta se acercó a un comandante y hablaron del prisionero sin que Alegría pudiera oír lo que decían. Nadie le vigilaba, nadie advertía la disonancia de su uniforme a pesar de que allí dentro había luz suficiente para alumbrar tanta actividad. No estaba atado, ni observado, ni temido, ni odiado. Era verdad, Casado iba a rendirse. En otra camioneta, algo más aseada que la suya, iban depositando sin orden ni concierto un sinfín de legajos, carpetas, archivos y documentos sin enlegajar que los soldados estibadores recalcaban para aprovechar al máximo la capacidad del vehículo. Otros documentos se utilizaban para alimentar una hoguera que crepitaba en el centro del patio donde, discriminadamente, iban arrojando los papeles que unos civiles seleccionaban.

Permaneció bastante tiempo en posición de descanso observando aquella actividad febril de soldados y oficiales que ignoraban su presencia hasta que dos números armados le ordenaron que les acompañara.

Descendieron a un sótano que olía a letrina y le encerraron en un calabozo muy espacioso donde había ya una persona recluida. Hasta que se acostumbró a la penumbra no pudo ver que se trataba de un militar republicano con galones de cabo primero. Era un hombre enteco, que Alegría calificó inmediatamente de desaliñado. A despecho de su superior graduación, le observaba con descaro, pero, como no corrían tiempos para disciplinas, se limitó a decir «buenos días» de la forma menos militar posible.

Estaba amaneciendo.

¿Qué es un vencido por el vencido?

Gracias a su testimonio, sabemos que aquel compañero de celda se limitó a pedirle desabridamente un poco de picadura para liar un pitillo y mostrar una indiferencia grosera cuando supo que el recién llegado no fumaba.

El capitán Alegría fue a acurrucarse lo más lejos posible de su compañero de celda y se dejó caer en un lugar sombrío de aquel sótano donde no llegara la luz que se insinuaba ya por las troneras. Suponemos que el orden de los hechos tenía algo que ver con las previsiones del rendido, pero algo innoble estaba desvirtuando su valor real, algo deformaba los acontecimientos y reducía su rendición, que él había concebido llena de sutilezas y matices morales, a lo más mezquino de su gesto.

Presuponer lo que piensa el protagonista de nuestra historia es sólo una forma de explicar los hechos que nos consta que ocurrieron. Sabemos que Alegría estudió Derecho, primero en Madrid y luego en Salamanca. Sabemos por familiares suyos que recibió una educación de hacendado rural en Huérmeces, provincia de Burgos, donde nació en 1912, en el seno de una familia de nobleza foramontana, y se crió en un caserón con dos arcos de piedra y un escudo que diferenciaba a los suyos de los atarantapayos que hicieron su fortuna a costa de las hambrunas del sur cuando el ganado, la vid, la mies y los olivos se dejaron vencer por el carbunco, la filoxera, el gorgojo, el oídio y otros cenizos.

Fue un estudiante sin brillo pero tenaz y Jiménez de Asúa le enseñó que la Ley no tiene nada que ver con la Naturaleza, que el legislador debe tomar partido, porque ésa es la única forma de ser igualitarios. Al poderoso le basta con el poder.

Pero después, ya en Salamanca, aprendió que la Ley está por encima de las leyes y esa Ley no elige nada. Le hablaron incluso de un derecho sacrosanto. Desde que apareciera el primer bozo, mantuvo una relación formal y grave con Inés Hoyuelos, hija única de unos abaceros acomodados, que ha contribuido generosamente a que podamos reconstruir esta historia.

Nos consta que se unió al ejército sublevado en 1936 porque así defendía lo que había sido siempre suyo. Para él fue una guerra sin batallas, sin gestas ni enemigos, dedicada sólo a las arrobas de trigo, a los cuarterones de tabaco, a las prendas de vestir, al recuento de los tahalíes, al estado de los correajes, a la administración de los proyectiles, de las mantas, del calzado y de la ropa interior de los soldados. Su guerra fue estibar, distribuir, ordenar, repartir y administrar todo lo preciso para que otros mataran, murieran y vencieran a un enemigo al que nunca vio de cerca aunque estaba siempre allí, como un paisaje, cada vez más estático, cada vez más petrificado.

El último parte de Intendencia que, como era preceptivo, tuvo que redactar la noche en que se rindió al enemigo, nos da la clave del estado de ánimo en el que se halla-

21

ba al cabo de tres años de guerra: «*Hecho el recuento de existencias, todo cuadra cabalmente con los estadillos adjuntos, todo menos el oficial que esto firma, que se considera a sí mismo un círculo cuadrado, un espíritu metálico, que, abominando de nuestro enemigo, no quiere sentirse responsable de su derrota. Firmado Carlos Alegría, Capitán de Intendencia...*»

Pasó más de una hora antes de que una agitación de motores rompiera el silencio.

—Se han rendido. ¿A que sí? —preguntó el cabo primero.

Fuera había un silencio opaco que envolvía los ecos de una actividad febril pero callada y triste. Estaban abandonando la Capitanía General. Nadie daba órdenes, todos sabían lo que tenían que hacer: huir lo antes posible. La agitación silenciosa fue poco a poco desvaneciéndose como se había desvanecido su proyecto y a las diez de la mañana —pudo comprobarlo en el Roskof que fuera de su abuelo— todo se había disuelto en una quietud de residuos y de olvidos. Supo que estaban solos. El hombre enteco y él eran los únicos habitantes de la Capitanía General.

Franco estaba adueñándose de Madrid. Una o dos horas después, los nuevos ocupantes llegaron a la Capitanía General y se desplegaron ordenada y ruidosamente tomando posesión de cada despacho, de cada pasillo, de cada corredor de piedra. El templo del mando ya era suyo.

Había marcialidad en aquellos pasos, ritmo de poder y de obediencia, sumisión y jerarquía. El capitán Alegría identificó aquel ir y venir como algo familiar, la voz de lo propio. Pero esta sensación no le aportó ningún consuelo. Al contrario. Era como regresar a un mundo al que no quería pertenecer, del que había huido: era como empezar de nuevo.

Ruidos de puertas, cerrojos, aldabas y otras urgencias sacaron al capitán Alegría del reducto de su memoria. La puerta de aquel sótano se abrió y un oficial escoltado por tres soldados se sorprendió al comprobar que aún quedaba alguien en aquel edificio abandonado.

–¿Y vosotros? ¿Qué estáis haciendo aquí?

Esta pregunta la presuponemos, porque nuestro testigo, el enteco cabo primero, debió de obviar en su relato cierta sumisión («yo, al cabo de tanta guerra, ya no iba ni con unos ni con otros», nos dijo) pero sí recordaba la insistencia de nuestro protagonista en su cualidad de rendido.

–¿A quién se ha rendido, capitán?

–Al ejército republicano.

–¿Cuándo?

–Esta mañana, mi coronel.

El coronel se volvió hacia sus escoltas para verificar que era cierto lo que acababa de oír. Los escoltas no movieron ni una ceja. Las situaciones insólitas, en el ejército, debe resolverlas el mando.

Le pidió la cartilla militar, que ojeó con cierta incredulidad buscando una explicación reflejada en aquel documento que, al fin y al cabo, sólo consignaba su nombre, graduación y su breve historial en el ejército. Se la guardó en el bolsillo de la pechera y, más estupefacto que agresivo, preguntó:

–¿De verdad se ha rendido esta mañana?

–Sí, mi coronel, me he rendido esta mañana.

–Tú eres un imbécil y un traidor. Serás juzgado por esto.

Y volvieron a cerrar la puerta dejando a los presos donde estaban. El cabo primero no se atrevió a levantar la vista del suelo. Estar preso podía ser, y así fue, su salvación.

Hubo silencios desparramados en un tiempo lento pero breve, porque empezaron a llegar prisioneros a aquel sótano con la cadencia con la que mana el agua en los manantiales.

El capitán Alegría fue inventariando aquel acopio de derrotados a medida que los acarreaban al sótano de la Capitanía General hasta que reconoció a uno de los prisioneros: era el hombre que le había acompañado aquella madrugada desde la Dehesa de la Villa hasta el Hospital General de Cuatro Caminos. Su hombro vendado, del que pendía un brazo inerte, y un gesto de dolor desesperado eran lo único familiar en aquel redil de sombras. Alegría buscó su proximidad y le preguntó si le dolía. Nada más formular la pregunta es probable que sintiera un pudor adolescente: un hombro destrozado y una derrota siempre duelen.

–¿Puedo ayudarte?

–¡Coño! ¡El rendido!

Aquella frase espontánea reconociendo su situación real, debió de producirle cierta satisfacción, porque, según nos ha contado el herido, que sobrevivió gracias a que le estaban amputando el brazo el mismo día en que iban a condenarle a muerte, se limitó a decir «gracias» y se dio media vuelta buscando el vacío. Por fin era lo que había decidido ser: su propio enemigo.

Un aluvión de presos infestó aquel sótano y fueron incorporándose asombros nuevos, miedos diversos, resignaciones diferentes. Cuando, al cabo de tres días, el aire se hizo irrespirable, comenzaron a trasladar presos. Del periplo de Alegría desde aquel sótano al pelotón de fusilamiento tenemos sólo datos imprecisos.

Los documentos que fueron generando los guardianes del laberinto y las pocas cartas que escribió son los únicos hechos ciertos, lo demás es la verdad. Pudo contarlo, porque tuvo oportunidad de hacerlo, pero prefirió guardar silencio porque estaba saldando su deuda con los usureros de la guerra.

Sabemos que fue trasladado a unos hangares del aeródromo de Barajas, donde el ejército vencedor y su justicia fueron agrupando a los militares de graduación para someterles a juicios sumarísimos que acabaron, sin excepción, en condenas a muerte.

Durante el periodo de su reclusión en el aeródromo de Barajas, los militares fieles a la República debieron de ignorarle e incluso evitarle, dado que en otra carta que escribe a su novia Inés, que llegó sólo tres meses más tarde por razones incomprensibles, describe crípticamente su situación como la de «una mónada de Leibniz». No le hablaron, desconfiaron de Alegría como se desconfía de un enemigo, orillándole en aquellos momentos en que todos pensaban más en lo que abandonaban que en lo que les esperaba. Todo había tenido lugar con tal vértigo, se había precipitado de tal manera que la vida del capitán Alegría se desvaneció en sentimientos crepusculares, en soledades hostiles, en miedos irreverentes. No se atrevió a rezar para no llamar la atención de Dios y de su ira.

Estuvo en el desabrido hangar de Barajas desde el día cuatro al ocho de abril, debilitándose, ajándose como un odre seco, desparramando su eterna compostura en cada vómito, en cada desmayo, en cada tiritona, en cada retortijón del hambre. Un grupo de falangistas tomó la filiación a cada uno de los presos, que, en posición de firmes, recibieron ultrajes, golpes y humillaciones antes de ser despojados de los distintivos del grado militar en sus uniformes, de su documentación y de todos sus objetos personales. El coronel Luzón –no constan más datos en su filiación– se negó a entregar las estrellas de su grado porque las había conseguido merecidamente en el campo de batalla, y un pistoletazo le arrancó de cuajo el rango, las estrellas y la vida. *Intento de fuga,* reza escuetamente el registro de su muerte.

Pero el día ocho fue cuando, por fin, llegó el momento que el capitán Alegría tanto había esperado. A media mañana, cuando la luz del día convertía aquel hangar en una jaula de nostalgias rezadas en voz baja, en el silencio imposible de centenares de hombres hacinados, se oyeron los primeros nombres.

Éste es el documento más real que tenemos de lo realmente ocurrido, la única verdad que refrenda nuestra historia, que, probablemente, tuvo bastante semejanza con lo que estamos contando. De no haber temido que nuestra narración fuera malinterpretada, nos habríamos limitado a transcribir el acta del juicio donde se condenó a Carlos Alegría a morir fusilado por traidor y criminal de lesa patria.

Voluntariamente omitimos la primera parte del acta del juicio sumarísimo, atenido al Código Militar aplicable en periodo de guerra, en la que se toma filiación al capitán Alegría, se le degrada, se le expulsa del ejército y es calificado, a todos los efectos, de traidor militar en tiempos de guerra.

Tras varias consideraciones en las que no se habla de su hoja de servicios sino de algunas actitudes significativas que se desprenden de informaciones recabadas de sus mandos directos, el acta reza así:

«Preguntado por la fecha en que decide pasarse a las líneas enemigas traicionando al Glorioso Ejército Nacional, contesta: la madrugada del día uno de abril del presente año de la Victoria.

26

»*Preguntado por las razones que le movieron a tal acto de traición a la Patria contesta: que lo hizo porque los tenientes coroneles Tella y Barrón tomaron en noviembre de 1937 las poblaciones de Villaverde y ambos Carabancheles de Madrid. Que lo hizo porque las fuerzas de Asensio y Castejón tomaron la Casa de Campo de Madrid defendida por la primera y oncena Brigadas Internacionales que se limitaron a retroceder hasta las orillas del río Manzanares.*

»*Preguntado si el degradado Carlos Alegría consideraba que los avances descritos eran razón suficiente para traicionar al Glorioso Ejército Nacional contesta: que lo hizo también porque el General Varela ordena a Asensio sobrepasar con sus tanques el río Manzanares, cosa que consigue el día 15 de noviembre de 1937, el mismo día en que Barrón se apodera del Hospital Militar de Carabanchel Bajo.*

»*Que lo hizo porque el Gobierno del Frente Popular abandona ese día Madrid dado que lo considera tomado y encarece su defensa al General Miaja que sólo cuenta con un ejército compuesto fundamentalmente por las Brigadas Internacionales mandadas por el inexperto General Cléber.*

»*Que lo hizo porque Asensio Cabanilles, tomó el mismo día 15 la Ciudad Universitaria de Madrid al mando de una compañía de las Tropas Regulares de Tetuán, que llegaron hasta el Parque de la Moncloa y el propio General Asensio Cabanilles tomó el edificio en construcción del Hospital Clínico de Madrid.*

»*El declarante es mandado callar y lo hace.*

»*Preguntado por las razones de su conocimiento de los hechos referidos, el procesado responde que porque de él dependía la Intendencia para el Frente Sur y Suroeste, bajo las órdenes directas del General Varela. Y que por eso sabe que en noviembre de 1937 el coronel Ríos Capapé y Mohamed el Mizzian llegaron hasta la parte alta de la calle Ferraz, en el*

27

centro de Madrid, donde sólo encontraron una resistencia de francotiradores en retirada.

»El declarante es mandado callar y lo hace.

»Preguntado acerca de si son las gloriosas gestas del Ejército Nacional la razón para traicionar a la Patria, responde: que no, que la verdadera razón es que no quisimos entonces ganar la guerra al Frente Popular.

»Preguntado que si no queríamos ganar la Gloriosa Cruzada, qué es lo que queríamos, el procesado responde: queríamos matarlos.»

A continuación, se le expulsa del ejército y se le declara culpable del delito de traición y connivencia con el enemigo. Es condenado a muerte.

Hay una rúbrica y un sello, ambos ilegibles.

El degradado capitán Alegría, por fin, había hablado de la usura a sus superiores jerárquicos.

A partir de este documento, todos los hechos que relatamos se confunden en una amalgama de informaciones dispersas, de hechos a veces contrastados y a veces fruto de memorias neblinosas contadas por testigos que prefirieron olvidar. Hemos dado crédito sin embargo a vagos recuerdos sobre frases susurradas durante ensueños angustiosos que también tienen cabida en el horror de la verdad, aunque no sean ciertos.

El capitán Alegría, ya paisano, ya traidor, ya muerto, debió de regresar al hangar donde tantos otros habían sido o iban a ser sentenciados. Escribió, al menos, tres cartas: una a su novia Inés, que ha llegado a nuestras manos, otra a sus padres en Huérmeces, cuya casa fue destruida por una crecida del río Urbel que se llevó entre sus aguas la memoria, la hacienda y las ganas de vivir de dos ancianos que, al saber del arrebato de su hijo, fijaron sus miradas en un punto indiferente del paisaje y enmudecieron de tal modo que ni siquiera antes de morir quisieron confesarse. La tercera carta la dirigió al Generalísimo Franco, Caudillo de España. Sabemos de esta última porque se refiere a ella en la que escribió a Inés. *«Le he escrito no para implorar su perdón, ni mostrarme arrepentido, sino para decirle que lo que yo he visto otros lo han vivido y es imposible que quede entre las azucenas olvidado.»*

En otra carta a Inés, que era maestra en Ubierna, habla crípticamente de la soledad que le está convirtiendo en un despojo y, al igual que antes lo hiciera con San Juan de la Cruz, tiene que recurrir a frases de otros para hablar de sí mismo, como si no se atreviera a utilizar sus sentimientos: *«soy un fue, y un será, y un es cansado».* No hay pasión en su despedida, ni siquiera amor, sólo un plañido difuso, una reconvención a lo coetáneo, el lamento de una vida inoportuna: *«No tuve tiempo para hacer planes porque otros horrores suspendieron mi futuro, pero ten por seguro que, de haberlos hecho, tú hubieras sido la columna vertebral de mi proyecto.»*

Si tuviéramos que imaginar en qué se convirtió la vida para el capitán Alegría, deberíamos hablar de un torbellino de aceite: lento, pastoso, inexorable. Paseando su soledad en aquel hangar de angustias, envuelto en el vacío, trasladando consigo la distancia entre él y el universo, aguardó el momento que precede al final ignorando que el final no estaba escrito.

Nueve días estuvo esperando su turno. Cada madrugada, al azar, como recuas, un grupo de prisioneros era obligado a formar en el hangar y conducido, de a dos en fondo, hasta unos camiones que se perdían ruidosamente en un paisaje tibio y desolado. Pocos se despedían. Los más se iban en silencio. Es probable que a Alegría, acostumbrado a observar a su enemigo, la muerte sin aspavientos le resultara familiar, pero la vida aprisionada en la casualidad de estar o no estar en el rincón elegido para designar los muertos debió de resultarle insoportable. Alegría rechazaba el azar, necesitaba el orden.

Podemos suponer cierto alivio cuando el día dieciocho, exhausto bajo una lluvia inclemente, fue él uno de los miembros de la recua. En el camión, hacinados y guardando el equilibrio, todos los condenados se miraban a los ojos, se cogían de la mano, se apretaban unos contra otros. A mitad de camino, una mano buscó la suya y su soledad se desvaneció en un apretón silencioso, prolongado, intenso, que le dio cabida en la comunidad de los vencidos. Tras la mano, una mirada. Otras miradas, otros ojos enrojecidos por la debilidad y el llanto sofocado. «Perdonadme», dijo, y se zambulló en aquel tumulto de cuerpos desolados.

Serían ya las ocho de la mañana cuando llegaron a Arganda del Rey. Todo estaba preparado. Un muro de mampostería, resto de un establo derruido, una explanada, un pelotón de fusilamiento y una cadena de guardianes aportaron todo lo necesario para la ejecución. Otros camiones, otros condenados, otras desesperaciones se sumaron a la ceremonia. Un sacerdote con estola morada rezaba en latín rutinarias imploraciones de misericordia. Eran casi un centenar y tuvieron que agolparse para no exceder la dimensión del muro. Unos instantes de silencio para que el sacerdote terminara su plegaria que concluyó con una bendición trazada en el aire con la languidez de un adiós entristecido e inmediatamente «Pelotón», silencio, «Apunten», silencio «Fuego».

Si alguien gritó, nadie pudo oírlo.

Cuando el capitán Alegría recobró el conocimiento, estaba sepultado en una fosa común amalgamado en un caos de muertos y de tierra. Tardó tiempo, pero, desoyendo el dolor, supo que había transgredido, de nuevo, las leyes del mundo donde el retorno está prohibido. Estaba vivo. Un universo de médulas, cartílagos inertes, sangre coagulada, heces, alientos detenidos y corazones sorprendidos por la muerte conservaron bolsas de aire en aquel desajuste de difuntos que le permitió respirar aun enterrado. Estaba vivo.

Hay una oscuridad para los vivos y otra oscuridad para los muertos y Alegría las confundió porque no trató de abrir los ojos, pero al oír su propio llanto supo que aquél no era el silencio de los muertos. Estaba vivo.

Alegría siempre habló de ese momento como de un parto. Exhausto, tardó tiempo en definir los perfiles de su cuerpo, desmadejado y oprimido por cadáveres enredados unos con otros. Un escozor en la cabeza enmarcaba un punto tan doloroso que pensó que tenía abierto el cráneo en dos mitades. Lentamente, procurando no alterar la quietud de aquellos muertos, fue arrimando sus brazos a su cuerpo, deteniéndose tras cada esfuerzo para no jadear porque temía que se acabara el aire, fue haciendo acopio de la fuerza necesaria para zafarse del peso que le inmovilizaba. Había visto la fosa en la que estaba enterrado antes de la ejecución y, dada su profundidad, no podía tener muchos cadáveres encima. Lo intentó varias veces y, en cada intento, comprobó que algo se desplazaba y dejaba de oprimirle, hasta que, al fin, todo cedió y se encontró a cielo raso. La tierra ocupó su puesto y se arrastró hasta llegar a un terraplén por el que se dejó caer procurando sofocar su llanto. Estaba todo él menos sus gafas.

Una bala le había dado en la parte alta de la frente de tal suerte que resbaló sobre su cráneo, abriendo una profunda herida casi hasta la nuca, sin romper la calavera. Tenía sangre en el rostro, en las sienes, en el cuello, pero la tierra había servido de cauterio y, aunque ahora sangraba de nuevo, mientras estuvo inconsciente su corazón tuvo una razón para latir además de la del miedo.

Estaba anocheciendo.

Aquí comienza una peripecia de Alegría de la que apenas sabemos los detalles, porque, aunque a veces toleró hablar de lo ocurrido antes de su resurrección, raramente consistió en contarle a nadie cómo llegó desde Arganda del Rey hasta La Acebeda, un pueblo de montaña que está en la vertiente sur del alto de Somosierra. Granito, jara y montaña rodean este pueblo de adobe y pizarra aletargado bajo la nieve durante todo el invierno y que se desparrama en labores como el cantueso cuando llegan las primeras templanzas de la primavera.

En alguna ocasión comentó a uno de sus carceleros que, excepto los animales, todos huían de él, escapaban al ver que aquel hombre sucio, macilento, con el dolor cristalizado en su mirada, estaba vivo. Eran tiempos aquéllos en que sólo los muertos no asustaban.

En los campos de La Acebeda le encontraron, exhausto y agonizando, unos labriegos que, al principio, le creyeron muerto, pero cuando decidieron descalzarle para hacerse con las botas del cadáver, oyeron cómo aquella cabeza ensangrentada pedía agua. Iba vestido con el uniforme del ejército que acababa de ganar la guerra y tiritaba con estertores de vencido.

Ahora sabemos que se consideraron varias alternativas, desde enterrarle vivo porque a saber quién le había disparado, hasta dejarle morir entre la jara y, después de muerto, informar a las autoridades del hallazgo. Pero una anciana resoluta decidió darle el agua que pedía y limpiarle la cara con su refajo.

«Todos somos hijos de Dios, hasta éstos», dijo. Comenzó así una sucesión de atenciones al herido que se prolongó durante tres días y logró mantener vivo a aquel muerto. Todo se conjuraba para que le resultara imposible abdicar de la vida como se abdica de un sueño al despertar.

Le mantuvieron allí, entre la jara, en parte por miedo y en parte para evitar el riesgo de que muriera en el traslado. Trataron la herida con inútiles ungüentos, le abrigaron con una manta y le proporcionaron agua y un poco de alimento. Hoy sabemos que, en los tiempos que corrían, todo aquello fue un derroche de misericordia que Alegría agradeció evitando mencionar sus nombres.

Que alguien se acercara a un hombre agusanado, pastoso de excrementos y de sangre, levantase su cabeza y pusiera agua en sus labios suavemente, dosificase a cucharadas sopicaldos digeribles por los muertos y pronunciara alguna frase de consuelo, todo aquello, pensó, era señal de que algo humano había sobrevivido a los estragos de la guerra. De no haber sido por las grietas de sus labios resecos, Alegría habría sonreído. Así lo contó y así lo reflejamos.

Y también contó a los enfermeros que velaron por él en las prisiones donde estuvo más tarde que, mientras estuvo allí tendido, desoyendo las llamadas de la tierra que reclamaba lo que es suyo, no era el temor a la muerte lo que más le torturaba sino el pudor de que le vieran tan podrido, la vergüenza de que olieran su aliento nauseabundo o de que sus samaritanos se mancharan con la podre que segregaban sus heridas. Se tapaba con la manta cuando iban a llevarle el alimento y no permitía que nadie se acercara. Ahora pensamos que era, también, una forma de no dar explicaciones.

El cuarto día amaneció deshecho en nieblas y la manta tan salpicada de rocío que la fiebre no se apiadó ni de sus huesos. Quería morir en Huérmeces y la vida se le quedaba a jirones en aquellos parajes tan hostiles. Acopió todas sus fuerzas, utilizó hasta las sacudidas del temblor para ponerse en movimiento y, tras doblar cuidadosamente la manta para demostrar que estaba agradecido, puso el agua y las patatas hervidas en el talego que utilizaban para traerle la comida. Emprendió el camino hacia su pueblo, que estaba detrás de las montañas que ocultaban su ferocidad entre las nubes. Comenzó a caminar monte arriba en dirección a Somosierra.

Esas montañas surgen allí para partir España en dos mitades y ahora se nos antoja que el esfuerzo brutal de atravesarlas fue otra forma de ignorar lo que separa, de querer estar siempre en los dos lados.

Buscó el camino perdido en la desorientación de la fiebre y remontó aquella pendiente a orillas de la carretera para no ser visto por quienes transitaban; eran siempre tropas del ejército que trasladaban víveres, soldados, armamento y todo lo necesario para mantener controlada la tierra conquistada. Inercias de una guerra que, como otras guerras, acaban pero nunca se resuelven. Sólo de vez en cuando pasaba un vehículo civil y nadie podría afirmar que no hubiera sido confiscado. Alegría sabía que todos los que tenían la potestad de desplazarse libremente podían ser sus adversarios. Esto no significaba que los inmóviles, los silenciosos, no fueran sus contrarios, porque ignoraba qué bando debe tomar un soldado que gana una guerra y la pierde al mismo tiempo.

Sin embargo, aun queriendo ocultarse, no se atrevió a alejarse de la carretera, porque temía que le abandonaran las fuerzas necesarias para seguir viviendo y, en ese caso, se tendería en el camino para que le encontraran y le dieran cristiana sepultura o, al menos, no permitieran que sus despojos terminaran alimentando a los lobos y a los perros asilvestrados que merodeaban pacientes esperando el final de aquel peregrinaje. La resurrección de la carne, pensaba, requería cierta pulcritud en los difuntos y a él sólo le quedaba una podredumbre nauseabunda y humillada. Su hedor era tal que resultaba imposible pasar desapercibido a pesar del brezo, la jara, la primavera y el tomillo.

Todas estas precauciones retrasaron el camino otros tres días en los que las patatas hervidas y el agua abastecieron el primero, pero después, con el frío de la cumbre, tuvo sólo el talego como prenda de abrigo por las noches y como protector de la calentura de la herida cuando el sol arreciaba al mediodía.

Por fin, llegó a Somosierra, un pueblo de granito y pizarra que necesita el paisaje para ser hermoso. Llegó al atardecer, con un sol oblicuo y denso a sus espaldas que le permitió acercarse a la caseta del fielato donde los guardianes del camino habían instalado sus reales. Allí estaban los soldados del ejército que había ganado la última batalla, con los uniformes, las botas, los tabardos y las armas que él había administrado tantos años. No sintió ni nostalgia ni arrepentimiento, pero sí melancolía.

Les observó tras su difusa miopía durante horas, incluso cuando la noche se echó encima y los soldados tuvieron que encender hogueras para iluminar el camino y calentarse. Observó la parodia de un cambio de guardia, hecho al buen tuntún y con una desgana que reflejaba más hastío que victoria.

Debió de ser entonces cuando nació la reflexión que recogió en unas notas encontradas en su bolsillo el día de su segunda muerte, la real, que tuvo lugar más tarde, cuando se levantó la tapa de la vida con un fusil arrebatado a sus guardianes.

«¿Son estos soldados que veo lánguidos y hastiados los que han ganado la guerra? No, ellos quieren regresar a sus hogares adonde no llegarán como militares victoriosos sino como extraños de la vida, como ausentes de lo propio, y se convertirán, poco a poco, en carne de vencidos. Se amalgamarán con quienes han sido derrotados, de los que sólo se diferenciarán por el estigma de sus rencores contrapuestos. Terminarán temiendo, como el vencido, al vencedor real, que venció al ejército enemigo y al propio. Sólo algunos muertos serán considerados protagonistas de la guerra.»

Todos los pensamientos y con ellos la memoria debieron de quedar sepultados bajo la fiebre, bajo el hambre, bajo el asco que sentía de sí mismo, porque haciendo acopio de la poca fuerza que aún le quedaba, arrastrándose ya, pues ni siquiera incorporarse pudo en el último momento, se aproximó al cuerpo de guardia lentamente, sin importarle el asombro y la repulsión que sintieron los soldados al ver arrastrarse esos despojos.

Cuando el llanto se lo permitió, dijo:

—Soy de los vuestros.

Segunda derrota: 1940
o
Manuscrito encontrado en el olvido*

* Este capítulo, modificado, fue finalista del Premio Internacional de Cuentos Max Aub 2002 y publicado por la Fundación Max Aub. Agradezco la autorización para incorporarlo a su lugar original.

Este texto fue encontrado en 1940 en una braña de los altos de Somiedo, donde se enfrentan Asturias y León. Se encontraron un esqueleto adulto y el cuerpo desnudo de un niño de pecho sorprendentemente conservado sobre unos sacos de arpillera tendidos en un jergón; una piel de lobo y lana de cabra montesa, pelos de jabalí y unos helechos secos les cobijaban. Los dos cuerpos estaban juntos y envueltos en una colcha blanca, «como formando un nido», reza el atestado, cuya limpieza contrastaba con el resto del habitáculo, sucio, maloliente y miserable. Resecos pero aún hediondos, los restos de una vaca a la que le faltaba una pata y la cabeza. En 1952, buscando otros documentos en el Archivo General de la Guardia Civil, encontré un sobre amarillo clasificado como DD (difunto desconocido). Dentro había un cuaderno con pastas de hule, de pocas páginas y cuadriculado, cuyo contenido transcribo. Estaba enteramente escrito con una caligrafía meliflua y ordenada. Al principio la escritura es de mayor tamaño, pero poco a poco se va reduciendo, como si el autor hubiera tenido más cosas que contar de las que cabían en el cuaderno. A veces, los márgenes aparecen ribeteados por signos incomprensibles o comentarios escritos en otro momento posterior.

Esto se deduce en primer lugar por la caligrafía (que como digo se va haciendo cada vez más pequeña y minuciosa) y en segundo lugar porque refleja claramente estados de ánimo distintos. En cualquier caso recojo estos comentarios en sus páginas correspondientes. El cuaderno fue descubierto por un pastor sobre un taburete bajo una pesada piedra que nadie hubiera podido dejar allí descuidadamente. Un zurrón de cuero vacío, un hacha, un camastro sin colchón y dos pocillos de barro sobre el hogar apagado es lo único que inventarió el guardia civil que levantó el atestado. Del techo colgaba un sencillo vestido negro de mujer. No había más señal de vida, pero el informe sí recoge —y eso es lo que me indujo a leer el manuscrito— que, en la pared, había una frase que rezaba: «Infame turba de nocturnas aves». El texto es éste:

PÁGINA 1

Elena ha muerto durante el parto. No he sido capaz de mantenerla a este lado de la vida. Sorprendentemente el niño está vivo.

Ahí está, desmadejado y convulsivo sobre un lienzo limpio al lado de su madre muerta. Y yo no sé qué hacer. No me atrevo a tocarlo. Seguramente le dejaré morir junto a su madre, que sabrá cuidar de un alma niña y le enseñará a reír, si es que hay un sitio para que las almas rían. Ya no huiremos a Francia. Sin Elena no quiero llegar hasta el fin del camino. Sin Elena no hay camino.

¿Cómo se corrige el error de estar vivo? ¡He visto muchos muertos pero no he aprendido cómo se muere uno!

PÁGINA 2

No es justo que comience la muerte tan temprano, ahora que aún no ha habido tiempo para que la vida se diera por nacida.

He dejado todo como estaba. Nadie podrá decir que he intervenido. La madre muerta, el niño agitadamente vivo y yo inmóvil por el miedo. Es gris el color de la huida y triste el rumor de la derrota.

(Hay un poema tachado del que se leen sólo algunas palabras: «vigoroso», «sin luz» *(o* «mi luz», *no está claro) y* «olvidar el estruendo». *Al margen y con letra más pequeña hay una frase:* «¿Es este niño la causa de la muerte o es su fruto?».*)*

PÁGINA 3

Quiero dejar todo escrito para explicar a quien nos encuentre que él también es culpable, a no ser que sea otra víctima. Quien lea lo que escribo, por favor, que esparza nuestros restos por el monte. Elena no pudo llegar más lejos y el niño y yo queremos permanecer a su lado. Sólo soy culpable de no haber evitado que ocurriera lo ocurrido. No aprendí a sortear la pena y la pena me ha amputado a Elena con su dalle. Además yo sólo sé escribir y contar cuentos. Nadie me enseñó a hablar estando solo ni nadie me enseñó a proteger la vida de la muerte. Escribo porque no quiero recordar cómo se reza ni cómo se maldice.

¿Cómo puede terminar una historia tan hermosa en una montaña sacudida por el viento? Es sólo octubre pero aquí arriba el otoño se convierte en invierno cada noche.

El niño ha llorado todo el día, con una fuerza sorprendente. Ha conseguido que piense en él, aunque he claveteado mi mirada en el rostro de Elena muerta y he pasado toda la mañana sin prestarle atención. Ahora caigo en que no he derramado ni una sola lágrima, probablemente porque el llanto del niño es suficiente. Y necesario. Yo no hubiera conseguido llorar con tanto desconsuelo, no hubiera logrado gritar con tanta rabia. Elena ha sido llorada sin mi esfuerzo. ¿Cómo puede llorar un hombre y desvanecerse al mismo tiempo? Ahora parece que el niño ha perdido los sentidos. Me he acercado a mirarle y he comprobado que aún respira, aunque, al intentar moverle, he tenido la sensación de que alguien le había arrancado el esqueleto.

PÁGINA 4

He observado atentamente el rostro blanco de Elena. Su palidez ya no es tan macilenta como en el momento de la muerte. Sencillamente ha perdido todos los colores. Quizás la muerte sea transparente. Y heladora. Durante las primeras horas he sentido la necesidad de mantener su mano entre las mías, pero poco a poco me he encontrado unos dedos sin caricias y he sentido miedo de que fuera ése el recuerdo que quedara grabado en mi piel insatisfecha. Llevo varias horas sin tocarla y ya no soy capaz de reposar junto a su cuerpo. El niño sí. Ahora yace exhausto acurrucado junto a su madre. Por un momento he pensado que pretendía devolver el calor al cuerpo inerte que le sirvió de refugio mientras duró el zumbido de la guerra.

Sí. Hemos perdido una guerra y dejarnos atrapar por los fascistas sería lo mismo que regalarles otra vez otra victoria. Elena ha querido seguirme y ahora sabemos que nuestra decisión ha sido errónea. Quiero pensar que jamás se cometió un error tan generoso.

Debimos hacer caso a sus padres, a los que pido perdón por permitir que Elena me acompañase en mi huida.

Que te quedes, no te harán daño, le dije. Que te sigo. Que me matan. Que me muero. Hablábamos de la muerte para dejar la vida al descubierto. Pero nos equivocábamos. Nunca debimos emprender un viaje tan interminable estando ella de ocho meses. El niño no vivirá y yo me dejaré caer en los pastos que cubrirá la nieve para que de las cuencas de mis ojos nazcan flores que irriten a quienes prefirieron la muerte a la poesía.

¡Miguel, se cumplirá tu profecía!

¿Dónde estarás ahora, Miguel, que no puedes consolarme? Daría una eternidad por poder escuchar otra vez tus versos líquidos, tu palabra templada, tus consejos de amigo. Quizás tanto dolor me convierta en un poeta, Miguel, y puede que ya no tengas que rezumar tanta benevolencia. ¿Recuerdas cuando me llamabas el arquero proletario? Elena te quería por eso y te seguirá queriendo aunque esté muerta.

PÁGINA 5

¿Hubiera preferido Elena que separara al niño de la placenta que le rodea, atara su cordón umbilical con uno de mis botas e intentara que humilláramos a los vencedores con la vida germinal de la revancha? Pienso que ella no hubiera querido un hijo derrotado. Yo no quiero un hijo nacido de la huida. Mi hijo no quiere una vida nacida de la muerte. ¿O sí?

Si el dios del que me han hablado fuera un dios bueno, nos permitiría elegir nuestro pasado, pero ni Elena ni su hijo podrán desandar el camino que nos ha traído hasta esta braña que será su sepultura.

Esta madrugada me venció el sueño y me quedé dormido apoyado en la mesa. Me despertó el llanto del niño, ahora menos vigoroso, más convaleciente. Su rabia de ayer me producía indiferencia, su lamento de hoy me ha dado pena. No sé si es que estaba aturdido por el sueño y el frío o que a mí también comienzan a faltarme las fuerzas al cabo de tres días sin comer nada, pero lo cierto es que, impensadamente, me he encontrado dándole a chupar un trapo mojado en leche desleída en agua. Al principio no sabía si vivir o dejarse llevar por mi proyecto, pero al cabo de un rato ha comenzado a sorber el líquido del trapo. Ha vomitado, pero ha seguido chupando con avidez. La vida se le impone a toda costa.

Creo que ha sido un error tenerle en brazos. Creo que ha sido un error alejarle un instante de la muerte, pero el calor de mi cuerpo y el alimento que ha logrado ingerir le han sumido en un sueño desmadejado y profundo.

PÁGINA 6

Con unos sacos para el heno he hecho una cuna abrigada y la he cubierto con la colcha de ganchillo heredada de su abuela y que Elena insistió en llevar consigo como si en ella estuviera resumido su pasado. No es ya tan acogedora como lo fue cuando compartíamos la huida pero da calor al niño y es probable que aún quede algo en ella del aroma de su madre.

Debo confesar que no he soportado la comparación de la vida y de la muerte.

Verles a los dos en la misma cama, boca arriba, Elena tan acabada y él tan sin hacer, ha sido como trazar una raya entre lo verdadero y lo falso. Repentinamente la muerte era muerte, nada más que muerte, sin los candores del cuerpo, sin lo animal de la vida. Un cadáver, al cabo de tres días, es un mineral sin la humedad del aliento, sin la fragilidad de las flores. Ni siquiera es algo indefenso. Es algo que no puede sentirse acorralado y, sin embargo, se agazapa como si quisiera pasar desapercibido. Un cadáver, al cabo de tres días, es sólo soledad y ni siquiera tiene el don de la tristeza. Al niño se le está secando el cordón umbilical. Y llora.

(Alrededor de este texto hay un dibujo muy sutil en el que se adivina una estrella fugaz, o la representación infantil de

un cometa, que choca violentamente contra una luna menguante que llora.)

PÁGINA 7

No he comido. Aún tengo un poco de pan seco y unas conservas de pescado que trajimos en la huida. El niño ha vuelto a tomar leche desleída. Parece que se sacia. Hoy enterraré a su madre junto al roble. No tengo fuerzas para ordeñar las vacas pero se están poniendo enfermas y sus mugidos tampoco me dejan pensar en Elena. Quisiera que subieran del valle a recoger el ganado para no tener que decidir si me alimento o me dejo caer rodando muerte abajo. Pero, en este tiempo de horror, incluso el ganado está resolviendo la vida a su manera. Mientras no llegue el invierno estos animales ignorarán que existe el lobo, el frío y la correlación de fuerzas. Hoy por hoy, estamos corriendo la misma suerte. Las cuatro o cinco que deben ser ordeñadas morirán si alguien no lo hace. ¿Cómo ha podido desaparecer quien las cuidaba, justo ahora? Pero eso qué más da en estos tiempos tan aciagos. Además, mientras tomo una decisión, necesitaré leche para el niño.

Llueve. Mejor así. Nadie se atreverá a subir hasta esta braña con un tiempo tan desapacible. He logrado acorralar dos vacas. Una de ellas tiene mastitis. Tendré que matarla para que no sufra. Hoy el niño ha comido tres veces.

PÁGINA 8

Ayer enterré a Elena bajo un haya. Es más frágil que el roble y más desvencijada. El ruido de la tierra cayendo sobre su cuerpo rígido y el olor de su cuerpo en descomposición provocaron en mí un llanto tan sofocante que por un momento tuve la sensación de que también yo iba a morir. Pero morir no es contagioso. La derrota sí. Y me siento transmisor de esa epidemia. Allá adonde yo vaya olerá a derrota. Y de derrota ha muerto Elena y de derrota morirá mi hijo al que todavía no he podido poner nombre. Yo he perdido una guerra y Elena, a la que nadie jamás hubiera pensado en considerar un enemigo, ha muerto derrotada. Mi hijo, nuestro hijo, que ni siquiera sabe que fue concebido en el fulgor del miedo, morirá enfermo de derrota.

He puesto una gran piedra blanca sobre su tumba. No he escrito su nombre porque, si aún hay ángeles, sé que reconocerán el alma bondadosa de Elena entre un mar de almas bondadosas.

Trato de recordar versos de Garcilaso para orar sobre tu tumba, Elena, pero ya no recuerdo ni siquiera la memoria. ¿Cómo eran?

(Hay varios intentos fallidos de transcribir el poema, pero todo está tachado aunque aún son legibles los siguientes versos:

> Las lágrimas que en esta sepultura
> se vierten hoy en día y se vertieron
> recibe, aunque sin fruto allá te sean,
> hasta que aquella eterna noche oscura
> me cierre aquestos ojos que te vieron,
> dejándome con otros que te vean.)

PÁGINA 9

No sé por qué estoy escribiendo este cuaderno. Sin embargo me alegro de haberlo traído conmigo. Si tuviera alguien con quien hablar probablemente no lo haría; siento cierto placer morboso pensando en que alguien leerá lo que escribo cuando nos encuentren muertos al niño y a mí. He puesto una lápida de piedra sobre la tumba de Elena para que sean tres los remordimientos, si bien es cierto

46

que ya ha pasado el tiempo de la compasión. Hace mucho frío. Pronto empezará a nevar y se cerrarán todos los caminos de acceso a esta braña. Tendré todo el invierno para decidir de qué muerte moriremos. Sí, creo que el tiempo de la compasión ha terminado.

PÁGINA 10

(*Una serie de rostros muy mal dibujados pero evidentemente retratos, entre los que aparece tres veces un rostro de niño, dos uno de mujer –la misma mujer en ambos casos– y diversos rostros de ancianos de ambos sexos, unos con boina, otras con pañoletas atadas al cuello y un perro, éste de cuerpo entero. Bajo todos estos dibujos una frase: «¿Dónde yacéis?»*)

La vaca enferma muge y muge y ya no está dando leche. No me atrevo a matarla todavía porque necesito que se formen neveros para conservarla. Leña hay abundante y conseguiré alimentar la otra desenterrando hierba bajo la nieve. Sólo me preocupa el lápiz. Tengo uno y quisiera escribir lo necesario para que quien nos encuentre en primavera sepa qué muertos ha encontrado.

(*Escrito todo en mayúsculas e imitando letra de imprenta, la siguiente frase:* «SOY UN POETA SIN VERSOS.»)

PÁGINA 11

Hoy ha nevado todo el día. Estas montañas deben de ser la residencia de todos los inviernos.

El niño sigue vivo y la nieve a nuestro alrededor parece una mortaja. Tenemos carne suficiente con la vaca muerta que en parte mantengo ahumada y en parte el invierno prematuro mantiene congelada. Afortunadamente disponemos de leche abundante gracias a la vaca viva, que ahora comparte con nosotros el refugio y nos da calor. Los boniatos que robamos al pasar por Perlunes se conservan perfectamente bajo la nieve y al niño parecen gustarle, a juzgar por la avidez con la que toma la sopa que logro hacerle. Es sorprendente cómo va ocupando lugar en el espacio. Recuerdo cuando era algo extraño dentro de la cabaña, algo que no debería estar allí. Ahora toda la cabaña gira alrededor a él, como si él fuera el centro. Los días de sol, que son pocos, nuestra cama refleja la luz como un espejo y todo el silencio se acumula en torno a los sonidos que constantemente emite el niño, ya sea porque llora, porque se sorprende de que exista un pie desnudo volando por el aire o una vaca mustia y resignada donde debiera haber un hogar alumbrando a una familia. Su respiración apacible y rítmica pone coto a la soledad que, de no ser por él, me vencería.

PÁGINA 12

He encontrado una cabra montés medio comida por los lobos. Todavía quedaban restos abundantes y hoy comeremos sus despojos. Con los huesos y las vísceras he logrado hacer una sopa muy suave que el niño acepta bien.

(Aquí se produce un significativo cambio de caligrafía. Aunque la pulcritud de la escritura se mantiene, los trazos son algo más apresurados. O, cuando menos, más indecisos. Probablemente ha transcurrido bastante tiempo.)

¿Me reconocerían mis padres si me vieran? No puedo verme pero me siento sucio y degradado porque, en realidad, ya soy también hijo de esa guerra que ellos pretendieron ignorar pero que inundó de miedo sus establos, sus vacas famélicas y sus sembrados. Recuerdo mi aldea silenciosa y pobre ajena a todo menos al miedo que cerró sus ojos cuando mataron a don Servando, mi maestro, quemaron todos sus libros y desterraron para siempre a todos los poetas que él conocía de memoria.

He perdido. Pero pudiera haber vencido. ¿Habría otro en mi lugar? Voy a contarle a mi hijo, que me mira como si me comprendiera, que yo no hubiera dejado que mis enemigos huyeran desvalidos, que yo no hubiera condenado a nadie por ser sólo un poeta. Con un lápiz y un papel me lancé al campo de batalla y de mi cuerpo surgieron palabras a borbotones que consolaron a los heridos y del consuelo que yo dibujaba salieron generales bestiales que justificaron los heridos. Heridos, generales, generales, heridos. Y yo, en medio, con mi poesía. Cómplice. Y, además, los muertos.

PÁGINA 13

(Hay una frase tachada y, por tanto, ilegible. El texto de esta página está sobre el contorno de una mano infantil. Probablemente la mano del niño le sirvió de plantilla. Aun así escribió encima:)

Ha pasado el tiempo y no sabría contar los días porque se parecen unos a otros de tal manera que me sorprende que el niño crezca. Releo mi cuaderno y veo que ya no estoy donde estaba. Y si pierdo la ira, ¿qué me queda? El invierno es una caja cerrada donde se atropellan las tormentas de nieve y estas montañas siguen pareciendo el lugar donde pasan el invierno los inviernos. También mi tristeza se ha solidificado con el frío. Sólo tengo el miedo que tanto miedo me daba. Tengo miedo de que el niño enferme, tengo miedo de que muera la vaca a la que apenas logro alimentar desenterrando raíces y la poca hierba que la nieve sorprendió aún viva. Tengo miedo de enfermar. Tengo miedo de que alguien descubra que estamos aquí arriba en la montaña. Tengo miedo de tanto miedo. Pero el niño no lo sabe. ¡Elena!

El viento por las noches grita entre estos montes con un alarido casi humano, como si estuviera enseñándonos al niño y a mí cómo debiera ser el lamento de los hombres. Afortunadamente, esta braña resiste bien todas las tormentas.

PÁGINA 14

¡Hoy he matado un lobo! Han llegado cuatro a merodear en torno a la cabaña. Al principio me he asustado porque su necesidad de comer les confiere una fiereza casi humana, pero luego he pensado que podrían ser una fuente de alimento. Cuando el lobo más grande se ha puesto a rascar la puerta con las patas, he abierto cuidadosamente una rendija suficientemente grande como para que metiera la cabeza y le he aprisionado el cuello con la puerta. Un solo hachazo ha sido suficiente. Con el hacha que utilizo de falleba le he asestado un golpe tal que su voracidad se ha derramado con su sangre. Me lo comeré y utilizaré sus entrañas para hacer algo comestible para el niño. Eso es bueno. Pero he vuelto a revivir el olor de la sangre, he vuelto a oír el ruido de la muerte, he visto otra vez el color de las víctimas. Y eso es malo.

(En esta página hay un dibujo donde se ve la figura de un lobo con un niño a la grupa; el aspecto de ambos es risueño y levitan sobre un campo florido, como si volaran.)

PÁGINA 15

Un lobo le dijo a un niño que con su carne tierna
iba a pasar el invierno.
El niño le dijo al lobo que sólo comiera una pierna
porque siendo aún tan tierno
iba a necesitar muy pronto que estuviera bien cebado
pues llegaría un momento
en que, aunque cojito, necesitaría un asado
de lobo como alimento.

Se miraron, se olisquearon y sintieron tanta pena
de tener que hacerse daño
que se pusieron de acuerdo para repetir la escena
evitándose el engaño
de que para sobrevivir dos personas que se quieran
sea siempre necesario
que, al margen de sus afectos, unos vivan y otros
                                        [mueran.
(Y como corolario:)
Ambos murieron de hambre.

(Bajo estos versos aparece un pentagrama y una notación musical que no corresponde a nada que se pueda transcribir en música. Han sido varios los técnicos que han tratado de descifrar esa pretendida partitura, pero ninguno lo ha logrado.)

PÁGINA 16

Nieva. Nieva. Nieva. Con mi debilidad me resulta cada vez más penoso cortar leña para calentar la choza donde vivimos la vaca, el niño y yo. Los tres estamos cada vez más débiles. Sin embargo el niño, al que todavía no he puesto nombre, tiene una vivacidad sorprendente. Emite ruidos guturales cuando está despierto, como gorjeos. Por una parte me gusta que esté despierto porque su total dependencia de mí me otorga una importancia que nunca nadie me había concedido, excepto Elena. Por otra, me aniquilan sus ojos desbordando las órbitas hasta parecer enormes y sus mejillas hundidas buscando la calavera. Está muy delgado. La vaca también está muy delgada, aunque sigue dando leche suficiente para él y para mí. Yo estoy muy delgado y aterido.

No sé en qué mes estamos. ¿Serán ya las navidades?

Hoy, siguiendo las huellas de un animal, he descendido monte abajo hacia Sotre y he visto unos leñadores al fondo del valle. He sentido revivir en mí un miedo familiar y denso. Ahora estoy orgulloso de mi miedo, porque al final de esta guerra monstruosa he visto morir a demasiada gente por su arrojo. Si sigo aquí moriremos la vaca, el niño y yo. Si descendemos al valle moriremos la vaca, el niño y yo.

PÁGINA 17

He pensado mucho en ello pero no quiero darles la última satisfacción de la victoria. Que muera yo puede ser justo, porque sólo he sido un mal poeta que ha cantado la vida en las trincheras donde anidaba la muerte. Pero que muera el niño es sólo necesario. ¿Quién va a hablarle del color del pelo de su madre, de su sonrisa, de la gracilidad con la que sorteaba el aire a cada paso para evitar rozarlo? ¿Quién le va a pedir perdón por haberle concebido? Y si sobrevivo, ¿qué le voy a contar de mí? Que Caviedes es un pueblo colgado de una montaña que olía a mar y a leña, que tuve un maestro que me recitaba de memoria a Góngora y a Machado, que tuve unos padres que no fueron capaces de retenerme junto a su establo, que no sé qué buscaba yo en Madrid en plena guerra..., ¿un rapsoda entre las balas? ¡Eso es, hijo mío! ¡Yo quería ser un rapsoda entre las balas!

¡Y ahora tu sepulturero!

(Un trazo firme, profundo, subraya esta última frase, desgarrando incluso el papel cuadriculado del cuaderno de hule negro.)

PÁGINA 18

Soy incapaz de seguir alimentando a la vaca y la vaca es incapaz de seguir alimentando al niño. Escarbo bajo la nieve buscando briznas de hierba, cada vez más escuálidas, cada vez más escasas. He encontrado un tubérculo en las raíces de los avellanos yertos y con ellos logro hacer una pasta que no sabe a nada pero que, hervida y aplastada, doy a la vaca y al niño. No sé si sirve como alimento, pero le estoy dando mi saliva y sobrevive. Aunque está muy débil ya trata de moverse, pero le faltan fuerzas. Se arquea, apoyándose sólo en la cabeza y en los pies. Pero inmediatamente se derrumba. Si pudiera descendería al valle para pedir comida, pero es imposible salir de estas montañas. Yo nací en un pueblo donde jamás nevaba y nadie me enseñó a desentrañar la nieve silenciosa. Cuando me alejo de la braña más de lo habitual me hundo hasta la cintura y tardo una eternidad en salir de la trampa blanca. Lo que han dejado los lobos de la vaca que murió está tan duro que ni siquiera con el hacha logro rebanar nada. Está cubierta de nieve, afortunadamente, porque ayer traté de desenterrarla para buscar algo de magro en sus despojos y

PÁGINA 19
descubrí un animal, mitad carne desgarrada, mitad esqueleto, que estiraba el cuello como si tratara de escapar inútilmente. Sus costillas, las pocas que aún le quedan, forman un recinto que parece reservado para el alma. Pero el alma también se la han comido los lobos. Y yo. Y el niño.

(Aquí hay un dibujo que quiere representar la cabeza estilizada de una vaca, alargada como una flecha, surcando el aire. Debajo una leyenda:

«¿Dónde estará el cielo de las vacas?»)

Mataría la otra vaca, ahora que todavía le queda alguna carne. Pero no podría conservarla. Si la dejo en los neveros, los lobos, que merodean continuamente, terminarían olfateándola. Dentro de la braña logro mantener una temperatura que pudriría rápidamente lo que queda de su cuerpo. ¿Pensará la vaca que yo le estoy salvando de los lobos o sabrá que los lobos la están salvando de mi hacha? Quizás sabe la verdad y por eso no da leche.

(Aquí hay una serie de hojas, nueve, arrancadas al mismo tiempo, porque el perfil rasgado es exactamente igual en todas. Es un corte cuidadoso, no hay desgarros. En la numeración de las páginas que viene a continuación no se han tenido en cuenta las hojas que faltan del cuaderno.)

PÁGINA 20

El niño está enfermo. Casi no se mueve. He matado la vaca y le estoy dando su sangre. Pero apenas logra tragar algo. He hervido trozos de carne y huesos hasta hacer un caldo espeso y oscuro. Se lo estoy dando disuelto en agua de nieve. Todo huele, otra vez, a muerte.

Está muy caliente. Ahora escribo con él en mi regazo y duerme. ¡Cuánto le quiero! Le he cantado una canción triste de Federico

> Llanto de una calavera
> que espera un beso de oro.
> (Fuera viento sombrío
> y estrellas turbias).

Ya no recuerdo los poemas que recitaba a los soldados. Con el hambre lo primero que se muere es la memoria. No logro escribir un solo verso y, sin embargo, en mi cabeza resuenan mil nanas para mi hijo. Todas tienen la misma letra: ¡Elena!

Hoy le he besado. Por primera vez le he besado. Se me habían olvidado mis labios de no usarlos. ¿Qué habrá sentido él ante el primer contacto con el frío? Es terrible, pero debe de tener ya tres o cuatro meses y nadie le había besado hasta hoy. Él y yo sabemos qué largo es el tiempo sin un beso y ahora, probablemente, no nos quede suficiente para resarcirnos. El miedo, el frío, el hambre, la rabia y la soledad desalojan la ternura. Sólo regresa como un cuervo cuando olisquea el amor y la muerte. Y ahora ha regresado confundida. Olfatea ambas cosas. ¿Hay ternuras blancas y ternuras negras? Elena, ¿de qué color era tu ternura? Ya no lo recuerdo, ni siquiera sé si lo que siento es pena. Pero le he besado sin tratar de suplantarte.

PÁGINA 21

Huele a podrido. Sin embargo yo sólo recuerdo el olor del hinojo.

(En letras grandes, muy grandes, el resto de la página está cubierto por un AH, SIN TI NO HAY NADA *trazado con rasgos imprecisos.)*

PÁGINA 22

No encontraba mi lápiz (lo poco que queda de él) y he estado muchos días sin poder escribir nada. También eso es silencio, también eso es mordaza. Pero hoy, cuando lo he encontrado bajo un montón de leña, he tenido la sensación de que recobraba el don de la palabra. No sé lo que siento hasta que lo formulo, debe de ser mi educación campesina. Hoy he estado encaramado mucho tiempo en un tronco deshojado tratando de buscar huellas de algún animal que pueda servirnos de alimento. He visto un paisaje blanco y sin aristas, extenso, interminable, acunado por un viento pertinaz y frío cuyo zumbido sólo sirve para reafirmar el silencio. Y mientras estaba allí, observando, sentía algo que no lograba identificar, algo que ni siquiera sabía si era bueno o malo. Ahora que ya he encontrado mi lápiz, sé lo que era: soledad.

Tengo la sensación de que todo terminará cuando se me termine el cuaderno. Por eso escribo sólo de tarde en tarde. Mi lápiz también debió de perder la guerra y probablemente la última palabra que escribirá será «melancolía».

PÁGINA 23

El niño ha muerto y le llamaré Rafael, como mi padre. No he tenido calor suficiente para mantenerle vivo. Aprendió de su madre a morir sin aspavientos y esta mañana no ha querido escuchar mis palabras de aliento.

(El resto de la página, con una caligrafía mucho más cuidada que lo escrito hasta el momento, casi primorosa, repite «Rafael», «Rafael», «Rafael» *hasta sesenta y tres veces. La R de Rafael es siempre una floritura vertical a la que envuelve un trazo panzudo que comienza en la izquierda, asciende por encima y se hincha en la derecha describiendo una curva que se junta al trazo vertical más o menos a media altura para volver a separarse de él como una falda almidonada y desvanecerse hacia abajo en un rasgo que se pierde. Es una R inglesa y gótica al mismo tiempo.)*

PÁGINA 24

(Vuelve a repetir «Rafael», «Rafael» *hasta sesenta y dos veces.)*

PÁGINA 25

(Repite Rafael, *con el mismo tipo de letra, pero mucho más pequeño ciento diecinueve veces.)*

PÁGINA 26

(Ya no está escrita con el mismo lápiz, pues es muy probable que se terminara, sino con un tizón apagado o algo parecido. Cuesta leerlo porque, después de escribirlo, el autor

pasó la mano por encima como si hubiera intentado borrarlo. Creemos, pues, que hemos leído correctamente lo escrito, que transcribimos hechas estas salvedades.)

«Infame turba de nocturnas aves».

(NOTA DEL EDITOR: *El año 1954 fui a una aldea de la provincia de Santander llamada Caviedes. Efectivamente está colgada de la montaña y huele al mar próximo aunque desde él no puede divisarse porque se asoma hacia el interior de un valle. Pregunté aquí y allá y supe que el maestro, al que llamaban don Servando, fue ajusticiado por republicano en 1937 y que su mejor alumno, que tenía una afición desmedida por la poesía, había huido con dieciséis años, en 1937, a zona republicana para unirse al ejército que perdió la guerra. Ni sus padres, que se llamaban Rafael y Felisa y murieron al terminar la contienda, ni nadie del pueblo volvieron a saber de él. Tenía fama de loco porque escribía y recitaba poesías. Se llamaba Eulalio Ceballos Suárez. Si fue él el autor de este cuaderno, lo escribió cuando tenía dieciocho años y creo que ésa no es edad para tanto sufrimiento.)*

Tercera derrota: 1941
o
El idioma de los muertos

Con la turbación con que se pronuncia un sortilegio, Juan Senra, profesor de chelo, dijo sí y, sin saberlo, salvó momentáneamente su vida.

–¿De verdad le conoció? –preguntó el coronel Eymar, sacudiendo su somnolencia e iniciando un gesto de aproximación al acusado, algo parecido al interés de un entomólogo que se fija en algo diminuto que se mueve.

–Sí.

–¡Sí, mi coronel! –tronó atiplado su coronel.

–Sí, mi coronel.

Juan Senra llevaba en pie desde el alba, vestido con un mono azul y un jersey raído que dejaba entrar el frío y manar el miedo. Su extremada delgadez, la nuez que saltaba asustada cada vez que tragaba saliva y un abatimiento que enarcaba sus espaldas hasta hacer de él algo convexo, le habían convertido en una cicatriz de hombre incapaz ya de fijar la mirada sin sentir náuseas.

–¿Dónde?

–En la cárcel de Porlier.

El coronel Eymar era diminuto. Sus manos asomaban por las bocamangas lo justo para tener siempre un cigarrillo encendido en la punta de sus dedos índice y anular que terminaban en unas uñas color ambarino sucio, como soasadas por el calor del tabaco. Un pescuezo enjuto de ave de mal agüero sobresalía por el alzacuellos que coronaba su guerrera demasiado grande, demasiado raída para pertenecer a un guerrero. Sin embargo, como contraste viril a tanta decrepitud, un bigote fino y horizontal, perfectamente paralelo al suelo le dotaba si no de fiereza, de cierta incapacidad para la sonrisa. Además, medallas, una panoplia de medallas que más acorazaban su pecho que lo honraban.

—En la cárcel de Porlier, ¡mi coronel! —ordenó tajante.

—En la cárcel de Porlier, mi coronel.

—¿Cuándo?

—Le trasladaron de la checa de Chamberí en mayo de 1938. Mi coronel.

Aunque el tribunal lo componían tres militares, el capitán Martínez y el alférez Rioboo dejaron de hacer preguntas y se relegaron en los respaldos de sus sillas otorgando con este gesto todo el protagonismo a su superior jerárquico.

Junto al acusado, que sólo el rigor del miedo lograba mantener enhiesto, el teniente Alonso, que ejercía cansinamente de secretario del tribunal, distraído por las respuestas del reo, interrumpió momentáneamente sus abigarrados dibujos de banderas superpuestas unas sobre otras creando un campo infinito de estandartes drapeados como si jamás hubiera existido el viento. Estaba sentado en un pupitre escolar y, quizás debido al mueble, mantenía una postura de alumno aplicado. Miró al coronel Eymar y, al no encontrar su mirada, inmediatamente se entregó de nuevo a la densa labor de sombrear la moharra que coronaba la pica de la última bandera dibujada. Era albino y grueso, cualidades éstas que suelen ser contradictorias pero que en este caso coincidían para dar al teniente Alonso cierto aspecto de muñeco de nieve.

—Y usted se llama...

Juan Senra dijo su nombre, calló su graduación y explicó que había pertenecido al cuerpo de enfermeros del servicio de prisiones. No era toda la verdad, pero no mentía. «En 1936 yo estudiaba en el conservatorio y tercero de Medicina y por eso me adjudicaron este servicio. Mi coronel.»

Pero su coronel no le estaba prestando demasiada atención porque buscaba en la lista que tenía ante sus ojos el nombre del acusado. No estaba ganando tiempo, no lo necesitaba, pero quería saber algo más de ese vencido al que iba a condenar a muerte y había conocido a su hijo. Juan Senra Sama, masón, organizador del presidio popular, comunista, soltero y criminal de guerra. Nacido en Miraflores de la Sierra, Madrid, en 1906. Hijo de Ricardo Senra, masón, y de Servanda Sama, fallecida.

—¿Y habló con él?

—Sí, en varias ocasiones. La última el día en que fue fusilado.

—¡Mi coronel! —insistió el coronel a pesar de su zozobra.

—En varias ocasiones, mi coronel.

Y entonces el pensamiento turbio de Eymar cristalizó aristado y punzante como los añicos de la loza trizada. Todas las mañanas, cuando su mujer, Violeta, le ayudaba a calzarse el tabardo desvaído sobre sus desvaídas espaldas, le repetía «Acuérdate de Miguelito». Mientras su asistente le trasladaba en el sidecar hasta el tribunal de Represión de la Masonería y el Comunismo que presidía, pensaba en Miguelito. ¿Cómo iba a olvidar a Miguelito? El héroe de su estirpe que había muerto sólo para ser vengado.

El hábito de acortar los trámites procesales le impedía detenerse en sutilezas, porque la justicia militar se resuelve sin colores y, quizás por eso, se sonrojó cuando informó al reo de que Miguel Eymar era su hijo.

—¿Y de qué habló?

—De usted, mi coronel.

—¡De usía, mi coronel! —corrigió agriamente el militar desvencijado para dejar bien sentado que era juez antes que padre.

—De usía, mi coronel —repitió mansamente Senra. El tiempo se detuvo unos instantes. Los tres miembros del tribunal permanecieron inmóviles, presos en un fogonazo de silencio y quietud que sólo desdecía un tenue temblor en la barbilla de Eymar. La nuez de Juan subiendo y bajando cada vez que buscaba saliva para aliviar la sequedad de su boca era lo único que se movía en aquella sala.

—¿Y de la patria habló? ¿Habló de España? —preguntó sólo para disimular la ansiedad que trepaba por su garganta atiplando aquella voz autoritaria con los balbuceos que preceden al llanto.

Senra sintió cierto miedo al introducir algo de verdad en sus respuestas, como si el contraste pudiera delatarle, pero admitió que de España no, mi coronel. Y el tiempo recuperó su curso: el secretario albino volvió a dibujar banderas y los miembros del tribunal se miraron cómplices apoyados los tres en los respaldos de sus sillas concediéndose unos instantes para reflexionar. Habían interrogado y condenado a muerte a cientos de enemigos de la patria y a todos ellos se les había preguntado en algún momento si habían conocido a Miguel Eymar. La respuesta siempre había sido la misma y ahora, de repente, no sabían qué hacer con la contestación de Juan Senra.

64

El alférez Rioboo, meritorio de más altos designios, atajó con un oye tú, rojo de mierda, ¿quieres explicarte o te mandamos a la Almudena ahora mismo? Para terminar con una mirada sumisa al coronel buscando una aprobación que obtuvo emboscada en un silencio autoritario y perplejo.

El secretario inane ya no dibujaba banderas pero mantenía la mirada sobre los papeles que tenía en el tablero inclinado de su pupitre. Juan Senra también necesitaba tiempo para reconstruir un recuerdo sin memoria porque ni la debilidad ni el pánico conseguían que olvidase la verdadera historia de Miguel Eymar.

Una fotografía del general Franco con gorro cuartelero colgaba, sonriente y fiera, de la pared del fondo junto a un crucifijo de madera. Aquella sala vacía, antes aula escolar a juzgar por el enorme encerado que cubría la pared del fondo, recogía el sonido de una actividad enérgica en el exterior que se traducía en el eco incesante de portazos, órdenes tajantes y pasos apresurados. Pero allí dentro prevalecía el silencio. Los tres soldados de custodia permanecían como estatuas al fondo del aula, no como estatuas guerreras sino con la inmovilidad de la fatiga, sin épica.

Juan recordó demasiadas cosas al mismo tiempo y sintió demasiados miedos para seguir enhiesto. Apoyó una mano sobre el pupitre del secretario que estaba a su derecha, tratando de no dejarse llevar por el vértigo, pero un manotazo inmisericorde del ilustrador de estandartes le hizo perder el equilibrio y caer de costado sobre el cuaderno. Recibió otro golpe, esta vez en la espalda, mientras el albino le gritaba que tú firmes, hijo de puta. Podía haberlo hecho más rápidamente, pero se incorporó con una premiosidad dolorosa. Sí, señor, acertó a decir. Se dejó caer con la suavidad de los párpados del bebedor de éter y quedó tendido en el suelo, enrollado sobre sí mismo como un bejuco.

Hacía mucho frío.

En parte el hambre, en parte el dolor, en parte el miedo, en parte su condición de vencido, mantuvieron a Juan Senra en un estado de semiinconsciencia en el que penetraban los movimientos, pero no las palabras. Dos hombres le arrastraban por los pies hasta un lugar húmedo y oscuro donde había otras personas inmóviles. La puerta se cerró con estruendo y, antes de perder completamente el sentido, alguien le pasó un brazo por la espalda, le levantó suavemente y le preguntó Juan, ¿qué te han hecho? Se sintió protegido cuando oyó que le llamaban por su nombre y se dejó rodar por la inconsciencia.

Cuando le trasladaron al anochecer junto con una reata de presos a la cárcel, no supo bien por qué todos fueron enviados a la cuarta galería y él, sin embargo, a la segunda. La cárcel tenía una jerarquía perfectamente establecida: en la segunda galería esperaban los que iban a ser condenados a muerte, en la cuarta contaban los minutos quienes ya habían sido condenados.

De los casi trescientos hombres que se hacinaban en el corredor habilitado como celda colectiva, más de la mitad le rodearon al verle entrar acosándole con preguntas que pretendían explicar lo inexplicable. ¿Te han absuelto? ¿Qué te ha pasado? ¿Cómo te has librado? ¿Qué te han hecho...? Tenía que haber una razón muy poderosa para regresar a la segunda galería.

–No sé, me he desmayado y me han traído aquí otra vez.

–¿Te han torturado?

–No, ha sido el miedo, me imagino.

Si hubiera tenido aliento suficiente, habría tratado de explicar lo sucedido, pero no superó el pudor y guardó silencio. Cuando algo es inexplicable, aventurar una razón plausible es lo mismo que mentir porque los que necesitan administrar verdades suelen llamar a la confusión mentira. Por eso guardó silencio, para que Eduardo López pudiera clasificar los hechos sin tener que comprenderlos.

Eduardo López era miembro del buró político del Partido Comunista y su trabajo como organizador de la resistencia de Madrid le había granjeado cierta popularidad durante los últimos meses de la guerra. Fue hecho prisionero en el frente Sur y no tenía la menor duda de cuál era su destino. Pese a ello, trataba denodadamente de organizar la vida entre los presos, de distribuir las tareas de asistencia a los más desesperados y, sobre todo, de dar una razón política a sus sufrimientos.

Para ello, mantenía cierta disciplina en las conversaciones colectivas que él mismo propiciaba, exigía a los más formados que dieran charlas sobre temas que pudieran entretener a los prisioneros y utilizaba como lenitivo de tanta desesperación la idea de que estaban allí por defender algo justo. A nadie le servía de consuelo, pero todos agradecían que hubiera alguien que quisiera mantener vivas aquellas almas muertas.

Como él dio por buenas sus respuestas, aquellos hombres pálidos, demacrados, ateridos de frío, dieron su curiosidad por satisfecha. El miedo explica casi todo.

Juan Senra fue a acurrucarse junto a sus compañeros conservando la escudilla de aluminio contra su pecho. Era la señal de que todavía comería otra vez y eso era algo muy parecido a estar vivo. El dolor del golpe que le propinó el albino se desvanecía entre un sinfín de dolores y, además, la memoria le acuciaba con otras penas tan estériles como la melancolía.

Había escrito a su hermano para decirle adiós sin despedirse y lamentaba haberlo hecho. Tenía muchas cosas que decirle y, sin embargo, se había limitado a enumerar recuerdos compartidos como si la complicidad estuviera sólo en la memoria. Ahora que había comparecido ante aquella parodia de tribunal, ahora que había visto la boca del infierno, supo que fue un error no hablar de los afectos.

Añoró a su hermano adolescente, ajeno a todo, capacitado ya para observar todos los horrores e inepto aún para incorporarlos a su vida.

El silencio se impuso sobre el silencio y todas las conversaciones se diluyeron en una oscuridad llena de resonancias distantes. Hasta el alba no volvería a haber vida y la vida iniciaba siendo heraldo de la muerte. Sabían que a las cinco de la mañana comenzarían a oírse nombres y apellidos en el patio y que los nombrados subirían a unos camiones para ir al cementerio de la Almudena de donde nunca volverían. Pero esos nombres eran sólo para los de la cuarta galería, a ellos, los de la segunda, les quedaba un trámite: pasar ante el coronel Eymar para ser irremisiblemente condenados, lo cual significaba tiempo y el tiempo sólo transcurre para los que están vivos.

Sabían por el alférez capellán que no todos los condenados a muerte eran ya fusilados. Intervenciones de familiares, recomendaciones especiales, gestos arbitrarios de gracia, iban reduciendo el número de ejecutados a medida que pasaban los meses. Se sabía de muchos que iban de la cuarta galería a la Prisión de Dueso, o a Ocaña o a Burgos. Por eso sólo pensaban en que pasara el tiempo, que discurriera todo lo lenta y brutalmente que quisiera, pero que hubiera una semana más, un día más, incluso una hora más. Seguramente ésa era la razón por la que todos intentaban pasar desapercibidos, desleídos en el gris sucio de las paredes de la celda colectiva.

68

Los primeros meses, cuando todavía el frío estaba fuera de sus huesos, había siempre alguien que, encaramado a los barrotes de la ventana que daba al patio, gritaba ¡Viva la República! cuando los de la cuarta, al amanecer, iban subiendo a los camiones. Adiós, compañero, adiós, amigo. Te vengaremos. Sin embargo, poco a poco, esos gestos se fueron apagando, se hicieron oscuros como se fue oscureciendo el alba.

Al día siguiente Juan Senra no fue llamado a juicio. Fueron otros y ninguno regresó. Juan comió dos veces más aquel sopicaldo templado y ayudó a despiojar a un muchacho imberbe que se estaba llenando de pústulas la cabeza a fuerza de rascarse. Como sigas así te vas a quedar calvo, le dijo. El muchacho adujo algo sobre la calavera que Juan Senra no entendió, pero sonrió como si le hubiera hecho gracia. Alguien le dijo que el cabo Sánchez tenía una lendrera y se aplicó con esmero a rastrillar las liendres del muchacho, que, en agradecimiento, le enseñó la foto de su novia.

—Está buena, ¿eh? Es segoviana, pero vino a servir a Madrid y ya ves... —E hizo un gesto procaz y tierno al mismo tiempo.

No pudieron continuar la conversación porque alguien reclamó su presencia junto a la verja de entrada. Un cabo primero envejecido por el miedo y desdentado por el hambre le devolvía un sobre abierto con una dirección escrita a lápiz. Era la carta que Juan había escrito a su hermano antes de comparecer ante el coronel Eymar. Ahora se la devolvían abierta y tachada.

—Esta carta no se puede enviar. Tienes suerte si todavía puedes escribir otra.

—¿Quién lo dice?

—El alférez capellán.

Menos *«Querido hermano Luis»* y *«acuérdate siempre de mí, tu hermano Juan»* todas las frases habían sido tajantemente tachadas, incluso aquellas que hablaban del frío y de la salud precaria, de la dulzura de su madre muerta o de los chopos en las alamedas de Miraflores. No había espacio para lo humano. Era como si no le dejaran despedirse.

Regresó junto al muchacho de las liendres, bromeó acerca de su caligrafía y continuó la tarea interrumpida.

Juan observó sus manos, incapaces de devastar aquella pelambrera llena de piojos. ¿Cómo pudieron alguna vez recorrer con precisión el glisando tras el que se ocultaba Bach? Ahora los sabañones habían eliminado cualquier destreza. Ya sólo eran hábiles para la lendrera. Aun así intentó un gesto de ternura sobre la coronilla del muchacho imberbe, que no hizo nada por eludirle. Charlaron.

Se llamaba Eugenio Paz, tenía dieciséis años y había nacido en Brunete. Su tío era el propietario del único bar del pueblo, donde servía su madre, que, aun siendo la hermana del propietario, recibía un trato humillante a pesar de su abnegada dedicación a la cocina y a la limpieza del local. Como el campo la nieve tenía que tenerlo. ¡En un pueblucho de mierda! Cuando estalló la guerra esperó a que su tío tomara partido para tomar él el contrario. Fue así como proclamó su fidelidad a la República.

Tenía el aspecto de un niño incapaz de envejecer. Como si la sombra desarrapada de aquella prisión no le afectara, no había en su rostro atezado nada rectilíneo, nada angular, porque la severidad y la tristeza también le estaban negadas. Rechoncho y de mediana estatura, hablaba siempre frunciendo los labios, como si se arrepintiese de decir lo que decía. Pero no era así, porque sus ojos azules miraban fijamente los de su interlocutor convirtiendo

70

cualquier banalidad en verdades como puños. Algo amigable y tierno se desprendía de cada una de sus frases, que, inevitablemente, trufaba de casticismos y sucedáneos de blasfemias.

Participó en la guerra como quien juega, sólo para que no ganara el adversario, sin ideales, sin pensar en las razones de su toma de postura. Y, como en un juego, cumplió las reglas hasta el final, disparando como francotirador cuando las tropas de Franco entraron en Madrid llevándose por delante a todos los que se encontraban a su paso. Desde las azoteas de los edificios acosaba al ejército contrario con estratagemas de francotirador que mantuvieron en jaque a los vencedores hasta el tercer día de la Victoria. Al final le detuvieron, pero no haciendo la guerra sino violando el toque de queda impuesto por las nuevas autoridades cuando iba a ver a su novia, que le esperaba en un portal del barrio de Salamanca donde habían instalado su tálamo nupcial apasionado, oscuro, frecuente y silencioso.

Aun así, estaba satisfecho porque mientras disfrutó de libertad dispuso de tres días de juego en los que él puso las normas, dictaminó quién era bueno y quién era malo, juzgó y absolvió, condenó y ajustició, de acuerdo con un reglamento que, creía, otros habían inventado.

Ahora, ya en la cárcel, sabía que todo lo ocurrido se llamaba guerra y que él, a pesar de su habilidad para escabullirse por los aleros de las casas, de su agilidad para saltar de tejado en tejado, de su satisfacción cada vez que disparaba a un contrincante, ahora, había aprendido que aquello era una derrota. Y lo que más sentía era que su novia segoviana estaba embarazada. «Como es una paleta, igual se cree que me he liado con otra...», concluía con nostalgia.

Juan supo que, en otras circunstancias, le hubiera tomado cariño. Ahora se conformaba con su compañía, que era algo suave y primordial entre la viscosidad de la tristeza colectiva. Como si hubiera perdido al marro, Eugenio no pensaba que los contrarios eran sus enemigos. Esta vez le había tocado perder a él, pero ganaría en otra ocasión. Era como un juego de azar, sin revancha ni culpables. «No tengo el mal perder de todos éstos.»

Al día siguiente Juan fue el primero de la lista. Resultaba tan arduo conseguir papel y lápiz que no había podido despedirse de su hermano. Esta vez la muerte le pareció precipitada.

Junto con los nombrados formó una fila que descendió hasta el patio donde les aguardaba una furgoneta celular para trasladarles al tribunal del coronel Eymar. Todos pasaron antes que él y todos volvieron condenados a muerte. Cuando le correspondió el turno, Juan Senra acudió dócilmente a su cita con el tribunal. ¿Cómo se mata a un muerto? Esa idea le otorgó un gesto inesperado de altivez aunque nunca había estado más vencido.

Al entrar en la sala del tribunal comprobó que todo estaba igual: el coronel Eymar flanqueado por el capitán Martínez y el alférez Rioboo sobre la tarima y el militar albino enfrente, sentado en un pupitre escolar dedicado a sombrear estandartes. Sin embargo, cerca de la puerta de acceso al aula, sentada en una silla thonet desvencijada, protegida por un abrigo de astracán raído, con el bolso en su regazo y un gesto severo, había una mujer envejecida que le siguió con la mirada. Dio su filiación por orden imperativa del secretario albino y permaneció de pie ante la tarima evitando cualquier rigidez que pudiera confundirse con la posición de firmes. Un gesto del coronel interrumpió la lectura rutinaria de los cargos que pesaban sobre él y tras un silencio:

—Así que usted conoció a Miguel Eymar en la cárcel de Porlier... —Fingió buscar algo en unos papeles mientras esperaba la respuesta que tardó en llegar, mi coronel. ¿Y por qué le recuerda entre tantos presos?

—Pues porque era muy hábil haciendo juegos de prestidigitación.

—¡Mi coronel! —gritó Rioboo.

Mi coronel. Pero los ojos de mi coronel estaban buscando otros ojos al fondo de la sala y durante unos instantes el aspecto del militar fue tan indefenso como el de un cachorro abandonado. Un gesto de complicidad al vacío y, de nuevo, la mirada turbia sobre Juan Senra.

¿Y por qué estaba preso? Juan sabía que llegaría la hora undécima y que tendría que responder a esa pregunta. Se sentía muy débil y le costaba razonar por encima del dolor. Sabía que Miguel Eymar había sido detenido y acusado por razones civiles que nada tenían que ver con la guerra.

Estraperlo de medicamentos en mal estado que habían costado la vida a algún enfermo, robos con escalo en almacenes militares de alimentación, comercio ilegal de nafta y carburantes y otros delitos que el desorden de la guerra propiciaba en una ciudad como Madrid que sólo se preocupaba por lo que ocurría más allá de sus defensas.

Los muchachos morían en las trincheras, los obuses alcanzaban las zonas periféricas, el miedo a perder la guerra y la necesidad de ocultarlo ocupaban lo poco que aún quedaba de eso que se da en llamar autoridad.

Por último había cometido un asesinato.

—Por pertenecer a la quinta columna —mintió—, mi coronel.

¡Por ser un héroe, hijo de puta, por ser un héroe!, gritó untuoso Rioboo buscando la aprobación del presidente del tribunal. Juan se sorprendió por la forma en que se transformaba la mirada del teniente. Cuando le gritaba, sus ojos se enrojecían y en décimas de segundo, al mirar de reojo al presidente del tribunal pidiendo su anuencia, la ira se trocaba en una sumisión untuosa. Pero esta vez un gesto tenue, casi arzobispal, con la mano sofocada en la bocamanga, interrumpió la ardorosa soflama. Además los ojos del coronel buscaban otra vez en el fondo de la sala otros ojos y tardó un buen rato en desprenderse de ellos. Las aletas de la nariz del coronel se abrían y se cerraban suavemente al respirar y Juan pudo comprobar que los pelos que asomaban por sus orificios se humedecían con una mucosidad brillante y espesa. ¿Lloraba?

¿Y por eso tuvisteis que matarle?, preguntó al fin retomando el hilo de lo que estaba ocurriendo. Juan Senra dijo, como dirigiéndose al vacío, que era sólo un funcionario del cuerpo sanitario de prisiones. Ni le detuvo, ni le juzgó ni mucho menos le ajustició. Mi coronel. Y añadió: Sólo hablé con él muchas veces.

No era cierto. Recordaba perfectamente quién era porque era uno de esos casos que ni siquiera el horror de la guerra logra enterrar. Había matado a un pastor del pueblo de Fuencarral para robarle unos corderos y venderlos después de estraperlo. Pero el hijo del pastor, apenas un niño, le clavó un bieldo en el estómago y a punto estuvo de morir. Juan Senra le atendió y medicó tras una intervención quirúrgica realizada con la destreza que da la guerra para no perder soldados. Ya convaleciente, Miguel Eymar se ofreció a hablar si no le condenaban y contó cuanto sabía de las organizaciones de delincuentes, incluida la que él mismo lideraba, contó algo que sirvió para apresar a quintacolumnistas que actuaban dentro del Madrid cercado. A pesar de todo le fusilaron.

—¿Y de qué hablaban? —preguntó desde el fondo de la sala la señora del abrigo de astracán raído. Juan se dio la vuelta y la vio en pie, avanzando lentamente, mirándole fijamente a los ojos. Sostenía el bolso en su regazo como si fuera algo indefenso que hubiera que proteger.

–¡Violeta, por Dios! –dijo el coronel, suplicante. Pero ella insistió en su pregunta.

–¿Y de qué hablaban?

Juan Senra se volvió al presidente del tribunal pidiendo autorización para contestar y esperó a que un gesto condescendiente le permitiera hacerlo. El coronel le autorizó a responder. Juan estaba siendo juzgado como criminal de lesa patria y se enfrentaba al dolor de la madre de un asesino convicto y a punto estuvo de tomar partido por ella.

No sé, de todo un poco, dijo. De su infancia, de sus padres... De las cosas de la cárcel. A veces de la guerra. Y con estas vaguedades Juan Senra comenzó una mentira prolongada y densa que, surgida de un instante de piedad, se convirtió en el estribo de la vida.

Aquella mujer oscura, recortada sobre la luz del ventanal que estaba a sus espaldas, agarrada a su bolso como si quisiera evitar que se fuera volando, formulaba sus preguntas con una severidad que nada tenía que ver con la severidad de los jueces. Ella no quería condenar ni absolver, sólo discernir entre lo verdadero y lo falso. Quizás saber. De sus labios inmóviles, incoloros y tensos, brotaban las preguntas sin angustia, sin interés por la respuesta.

Severa, prematuramente encanecida y sin la ternura de las madres, enlutada y triste, parecía un remedo del dolor posando para alguien que retratara la venganza. Y, sin embargo, la ansiedad de su mirada, la indiferencia por todo lo que distrajera la memoria de su hijo, la perversidad con la que buscaba la mentira, la convertían en algo muy parecido a una madre destrozada.

–Tenía una marca de quemadura que se hizo siendo niño con aceite hirviendo ¿Dónde?

–En el muslo derecho, en la parte interior. Tuve que inyectarle sedantes después de la operación. Por eso lo sé.

–¿Qué operación?

Juan sustituyó el bieldo del hijo del ovejero por una peritonitis, o algo así. Cuando llegó a Porlier estaba prácticamente curado, aunque convaleciente.

Y otra vez, con la esperanza de hallar el sortilegio, buscó el abracadabra:

–Era un buen paciente.

Y la montaña se abrió. La mujer oscura, perfilada por la luz del ventanal, silueta de la venganza, avanzó lentamente hacia Juan, mirándole incrédula, entre el silencio de todos los asistentes, hasta ponerse entre el acusado y el secretario albino. De nada valieron las órdenes flácidas del coronel, de nada valieron los pordioses, ni los violetas-porfavor del coronel Eymar, porque ella estaba demasiado acostumbrada a la autoridad fingida de su marido, porque ella estaba hablando de su hijo, del que no tenía más noticia que el tercer puesto en una lista de ajusticiados tras un consejo sumarísimo. Y ahora tenía oportunidad de saber y hubiera satisfecho su sed de detalles si un llanto gutural, convertido en una vocal interminable que no existe en el habla castellana pero sí en el idioma de los animales que lloran, no le hubiera impedido formular ya más preguntas.

No se acercó a Juan, ni le tendió sus brazos, pero ambos se quedaron solos frente a frente, sin jueces, ni vocales del tribunal, ni secretarios albinos, ni guardias de vigilancia. Ahora estaba iluminada por la luz frontal pero, pese a todo, seguía siendo oscura. Por fin, acertó a pronunciar algo inteligible: «Era mi hijo.»

El coronel abandonó su puesto tras la mesa en la tarima, dio unos saltos apresurados y grotescos hasta ponerse junto a su mujer, que, aunque de la misma estatura, daba sensación de mayor volumen. Trató de componer un gesto severo y autoritario. Basta por hoy.

El alférez Rioboo ordenó que se llevaran al prisionero y los dos soldados lánguidos, que le habían traído brutalmente, brutalmente lo llevaron al calabozo donde aguardaban los que ya habían sido condenados a muerte por el tribunal que presidía el coronel Eymar. Como todos ellos, guardó silencio.

El silencio es un espacio, una oquedad donde nos refugiamos pero en el que no estamos nunca a salvo. El silencio no se termina, se rompe; su cualidad fundamental es la fragilidad y el epitelio sutil que lo circunda es transparente: deja pasar todas las miradas. Juan tuvo que enfrentarse a las miradas de sus compañeros de galería cuando, con gran sorpresa suya, le devolvieron al lugar donde la muerte necesita todavía un trámite.

Sin embargo, por razones de exceso de trabajo de los vencedores, fue devuelto a la segunda galería demasiado tarde. Pudo recoger su escudilla —o la de otro que iba a morir— y, sin cenar, acurrucarse junto a la pared oscura y simplificar su desconcierto soñando que era una sola cosa, cualquier cosa, pero una: animal, agua, piedra, tierra, gusano, lágrima, cobarde, árbol, héroe..., y se quedó dormido sin tener que explicarse por qué seguía viviendo. Todos respetaron su silencio. Nadie le preguntó. Se imaginó cosas imposibles y entrepensó olores y sonidos mientras entresoñaba espacios y colores. Consideró todas esas sensaciones como una forma de aprender a no estar vivo y trató de imaginarse en qué idioma hablaban los difuntos.

La debilidad tiene esas ventajas.

Al día siguiente se despertó obsesionado por escribir otra vez a su hermano.

Sabía cómo encontrar lápiz y papel para escribir otra carta a su hermano. Intuía, sin saber por qué, que disponía de más tiempo y encontró de repente cierto parecido entre la escritura y las caricias, entre las palabras y el afecto, entre la memoria y la complicidad.

Había en aquella prisión de derrotados dos vencedores. Convivían con los presos, pero no iban a ser juzgados. Vestían ambos uniforme del ejército insurrecto y tenían a gala ir siempre tocados con el gorro cuartelero de ordenanza y una borla roja que, cuando andaban, marcaba siempre el ritmo marcial de sus pasos. Aunque tan delgados como el resto, había un brío en sus movimientos que los diferenciaba claramente de los demás presos. Un anciano profesor de instituto, amigo de Negrín, que no pudo soportar ni el hambre ni el invierno, les apodó Espoz y Mina porque, aunque eran dos, se comportaban siempre como si fueran uno solo.

En realidad cumplían un arresto. Alguna falta grave –que nunca confesaron– les llevó a aquella galería donde tenían cierta autoridad sobre los presos y una complicidad sumisa con los carceleros.

En torno a ellos se había creado una intendencia miserable: gracias a su mediación se obtenía carburo seco para las lámparas, un lápiz para escribir, un cuarterón de tabaco, papel de fumar y un reparto arbitrario de favores que Espoz y Mina gestionaban también a cambio de cosas miserables: un anillo de boda, un chisquero, una funda dental de oro o cualquier cosa que valiera algo más que un ser humano.

Juan obtuvo de Espoz tres cuartillas y un sobre a cambio de uno de sus calcetines y Mina le prestó un lápiz de carpintero por tres días.

«Querido hermano Luis:

Escribí una carta para despedirme de ti y ahora me alegro de que no me dejaran enviártela quizás porque todavía no había llegado mi momento. Mientras pueda escribirte es que aún estoy vivo. Me han juzgado pero no me han condenado. Estoy detenido en la frontera.

Sé que cuando no pueda escribirte los dos estaremos solos, aunque Miraflores es un pueblo pequeño y todos los vecinos son un poco parientes nuestros. Estoy seguro de que te echarán una mano. Busca trabajo, pero no en la serrería porque tus pulmones no resistirían respirar el serrín que flota en el aire. Quizás el tío Luis pueda darte trabajo en la abacería. Siento no poder costearte los estudios pero si algún día logras vender las tierras de nuestros padres, dedica todo el dinero que obtengas a formarte. Don Julio, el maestro, te ayudará en esto.»

Pese a que dedicó todo el día a escribir la carta, sólo logró redactar un párrafo porque, aunque el tiempo en la cárcel es interminable, está trufado de esperas y rutinas despiadadas: colas infinitas para obtener una ración de patatas hervidas, para ir al retrete o para conseguir la sopa de la cena; formaciones interminables para el recuento tres veces al día; turnos caprichosos para proceder a la limpieza de la galería que, pese a ello, siempre estaba sucia y, además, aquella mañana tuvo que asistir junto a otros presos a una charla, que daba Eduardo López, sobre la plusvalía y sus consecuencias en el proletariado internacional. Juan solía definir a los participantes en estos seminarios, dados en voz baja pero con la complicidad de una secta, como los cadáveres informados.

El anochecer se quebró en oscuridades y el aire se llenó de reflejos helados. Nadie tenía carburo.

Juan se despertó cuando el aire frío trajo el sonido de

la lista de condenados en el patio. Nadie se movió, aunque todos escuchaban los nombres, unos detrás de otros, sin respuesta: Luis Fajardo, Antonio Ruiz Abellán, José Martínez López, Alberto Mínguez... Aquella voz enérgica pero monótona era como el ruido que produce un fósforo al frotarse contra el raspador de la caja: iluminaba la realidad.

Después de que repartieran la malta que hacía las veces de desayuno, un grupo de presos se acercó a Juan y Eduardo le preguntó a bocajarro por qué siempre le devolvían a la segunda galería.

—No terminan de condenarme. Debo ser perverso.

—¿Y no será que estás contando más cosas de las que sabes?

Juan se esperaba cualquier pregunta menos ésa.

—No sé nada ni nadie me lo pregunta. Ese juez fanático le está dando cuerda a su mujer que está loca. Quiere saber a toda costa qué pasó con su hijo.

—¿Y qué pasó?

—Lo fusilamos. Era un cabrón. Les digo lo menos posible, para ver si me dejan vivir unos días más. Eso es todo. El día que me descubran yo también iré a la cuarta. No te apures.

A diferencia de los presos de aquella galería, flacos y descarnados para evitarse el peso de su anatomía, Eduardo López era delgado de nacimiento. Un pecho en quilla y una nariz hebraica le conferían un aspecto bidimensional con el que la naturaleza ha dotado al oso hormiguero. Oscuro como un misal, era capaz de pasar desapercibido en los corrillos donde se condenaba al que condena y se vencía al vencedor.

Juan dio por acabada la conversación porque la inercia de la jerarquía vigente durante los años pasados era algo que le resultaba inexplicable. ¿Cómo unos muertos podían pedir explicaciones a otros muertos?

Durante dos días se interrumpieron los juicios. El joven de las liendres y Juan compartieron recuerdos y complicidades. Eugenio Paz había comenzado a vivir al comienzo de la guerra. Hasta entonces había sobrevivido en Brunete trillando la parva en el verano, arando durante el frío y sembrando avena antes de que comenzaran las lluvias de primavera. Nunca había ido a la escuela pero sólo con mirarlas sabía distinguir las gallinas ponedoras de las que sólo servían para caldo, qué oveja iba a tener un parto atravesado y qué galgos servían para cazar gazapos sin matarlos. Su madre era soltera y la dejó preñada el dueño de la venta —el Ventorro lo llamaban—, que alardeaba de no haber dejado una sola virgen desde Villaviciosa hasta Navalcarnero. Nunca toleró que Eugenio le llamara padre.

Para corresponder, Juan intentó hablarle de su hermano y de su vida en Miraflores pero, cuando quiso hacer memoria, sólo encontró tempestades de nieve porque todo lo demás estaba siendo pasto del olvido.

Si, por la razón que fuere, se suspendían las comparecencias ante el coronel Eymar, un sutil aire festivo se introducía en la segunda galería. Si, además, como ocurrió el segundo día, no había listas al amanecer para subir al camión de la muerte, la esperanza surgía entre las fisuras del miedo y se convertía en un bálsamo capaz de aliviar el frío y el hambre. Por eso, casi sin advertirlo, en algunos rostros aparecieron sutiles sonrisas y gestos silenciosos de quietud que poco a poco fueron apaciguando todos los vértigos.

Aquél fue un gran día. Eugenio Paz y Juan se intercambiaron de nuevo intimidades. El muchacho de las liendres le confesó que estaba preocupado, porque antes siempre la tenía como el pescuezo de un «cantaor» y ahora ni siquiera se le empinaba. Juan pensó: «Es que ya estás muerto», aunque le consoló diciendo que estaría guardando ausencias. Será eso.

A la mañana siguiente, Juan trataba de no pensar en nada, ni ver nada, ni oler nada mientras aguardaba su turno frente a las letrinas de la segunda galería. Era un sitio hediondo, eternamente encharcado y humillante. Sobre unas plataformas rectangulares con la silueta de unos pies perfilados sobre el cemento, una hilera de agujeros, sin paredes, sin puertas ni recato, ante los cuales esperaba una larga fila de hombres que ocultaban su pudor tras comentarios salaces y sarcásticas premuras.

–Tú eres enfermero, ¿verdad? –le preguntó un cabo que llevaba una lista en la mano–. Ven conmigo.

De nada le sirvieron las justificaciones para estar en aquella fila porque con un házatelo encima le condujo hasta la parte exterior de la reja. De allí, a través del cuarto de guardia, pasaron a una celda celosamente vigilada. El cabo mandó abrir la puerta y empujó a Juan para que entrara.

–Éste tiene que estar vivo mañana a las seis. Si se muere, te fusilamos a ti. Tú verás. –Y cerró dando un portazo. La oscuridad se apoderó de los ojos de Juan Senra, que al entrar había intuido un cuerpo inerme en un catre.

–¿Quién eres? –preguntó Juan sin atreverse a tocarle.

–Me llamo Cruz Salido. ¿Y tú?

–Juan Senra.

Cruz Salido había sido redactor jefe de *El Socialista* al final de la guerra y logró pasar a Francia en el último momento. Tratando de llegar a Orán, embarcó en un carguero que hacía escala en Génova, donde unos camisas negras le apresaron y, un mes más tarde, le enviaron repatriado a España. Interrogado sobre las organizaciones del exilio, sobre los planes de Líster para regresar a España con un cuerpo de ejército y otras mil cosas acerca de las cuales no recordaba exactamente lo que había dicho, fue juzgado y condenado a muerte.

Entre tantas ceremonias de muerte, tanto agotamiento, se le había escapado la vida a chorros y, preocupado sólo por respirar con unos pulmones raídos por la tisis, no logró nunca saber cuál era su crimen. Sólo sabía que estaban empeñados en que llegara vivo ante el pelotón de fusilamiento.

—El conde de Mayalde quiere fusilarme en público. Haz lo posible para que me muera antes —imploró.

—¡No puedes pedirme eso, por lo que más quieras!

Cruz Salido estuvo de acuerdo, no podía pedírselo. Como hablar le extenuaba, decidió hacerlo hasta el agotamiento y fue poniendo voz a su memoria, llorando a Besteiro, que agonizaba en la cárcel de Carmona, a Azaña, qué gran hombre Azaña, acallado para siempre en un lugar perdido y olvidado de Francia sometida ya a los designios de Hitler, a Machado, nuestro Machado, en Collioure silencioso...

—Somos un pueblo maldito, ¿no crees?

—No. Creo que no somos un pueblo maldito. Eso sería echar la culpa a otros.

Y aquel redactor jefe, entre jadeos, silencios y estertores, fue haciendo crónica de sus amigos, de los hombres a los que había defendido desde las columnas de su periódico, pero con esa razón profesional que le impedía hablar de sí mismo. Se agotó en una historia devastadora e interminable como su aliento que no lograba extinguirse. Tenía frío pero no aceptó que Juan le diera calor con su cuerpo, le dolía la espalda en carne viva y no consintió que Juan le cambiara de postura, le asfixiaba la memoria y sólo quería recordar a toda costa. Al amanecer su voz era ya el sonido de las palabras rozadas por la muerte y seguía hablando sin más descanso que el necesario para recuperar el aliento que se hacía cada vez más exiguo, más agua evaporada.

Murió tratando de recordar algo impreciso.

Cuando la celda se abrió y encontraron ya muerto a Cruz Salido, el sargento decidió fusilarle a pesar de todo y el cabo asestó tres culatazos a Juan Senra. Pero le devolvieron a la segunda galería.

Informó a Eduardo López de lo que había ocurrido y fingió un dolor insoportable para justificar así el llanto inoportuno. En aquella galería se podía aullar por los golpes recibidos pero no llorar de pena.

Como intuyó que en algo le consolaría, buscó un rincón para continuar su carta.

—¿A quién escribes? —preguntó el muchacho de las liendres—. ¿A tu hermano?

—Hacia mi hermano, que no es lo mismo.

—¡Qué raro hablas! No me extraña que quieran fusilarte.

«... Sigo vivo. Han pasado varios días pero aquí todo son dificultades. Entre el lápiz, el papel y mi constante duermevela se me pasan las horas como si no me atreviera a aprovecharlas porque sé que este tiempo ya no es mío.

Sueño constantemente sin saber si estoy dormido, y me imagino sin querer un mundo casi vacío en el que todos hablan un idioma extraño que no entiendo aunque no me siento forastero. Cuando lo aprenda te hablaré del lenguaje que se habla en el mundo de mis sueños. El color del aire es como son los atardeceres del verano en Miraflores, aunque no hay montañas y el paisaje se pierde en un horizonte pequeñito que no está lejos aunque tengo la impresión de que es inalcanzable...»

La rutina de aquella galería era terminal, pero no dejaba por ello de ser rutina. La tendencia inerte por la que se configuraban los grupos, sólo rota por las inexorables ausencias de los condenados, se mantenía como si la vida tuviera continuidad.

Espoz y Mina eran los únicos de entre los presos autorizados a subir a las azoteas del edificio. Lo hacían siempre que había que varear la lana de los colchones de los suboficiales de la prisión.

Una vez al mes se les proporcionaban sendas varas de fresno de unos dos metros de longitud, dobladas en ángulo recto en uno de sus extremos, con las que tenían que sacudir el contenido de los colchones destripados hasta que la borra se esponjara como la clara a punto de nieve.

Una vez en la azotea, su problema no era añorar el horizonte desdibujado sobre los edificios, ni mirar el cielo abierto como símbolo del pasado, sino atraer a las palomas famélicas que revoloteaban sobre Madrid buscando supervivencias imposibles durante el invierno. Necesitaban por ello todo lo que pudiera atraerlas: migas de pan, trozos de oblea que comulgantes desaprensivos guardaban después de las misas, cucarachas, chinches, posos de achicoria e incluso mondas de patata a las que alguien renunciaba para poder canjearlas por algo más necesario que el alimento.

Cuando acudían las palomas atraídas por la posibilidad de comer algo, Espoz y Mina permanecían inmóviles hasta que el hambre se sobreponía al miedo y comenzaban a picotear el cebo con el que macizaban el suelo de la terraza. Entonces, con un movimiento rápido y simultáneo, los vareadores de la lana asestaban sendos golpes a dos de ellas, que quedaban boca arriba con las patas encogidas sobre el pecho como si quisieran protegerse del cielo que se les derrumbaba encima.

Una de ellas se la comían, la otra la utilizaban para hacer intercambio con los guardianes y poder obtener lo que después canjeaban con los presos.

Espoz y Mina pudieron así proporcionar, a cambio de su cinturón, más papel a Juan Senra para que pudiera seguir escribiendo a su hermano.

«Sigo vivo. No quiero contar el tiempo ni hablarte de lo que pasa a mi alrededor, pero cada vez fracaso más cuando recurro a mi memoria. Poder pensar todo esto es el privilegio de un condenado, es el privilegio del esclavo.»

En ese momento se produjo un altercado en la galería y un tropel de guardianes irrumpió amenazante entre los presos obligándoles a permanecer de cara a la pared y con los brazos en alto durante dos interminables horas. Los dos causantes de la disputa, un cenetista aragonés y un anarquista gaditano, fueron apaleados hasta que en ellos no quedó la más mínima convicción y se les desperdigaron sus ideas. Juan pensaba en los criterios que aplicaría el alférez capellán para censurar esta vez la carta que estaba escribiendo a su hermano.

Por entonces comenzaron ya a autorizarse algunas visitas a los presos. Aquellos familiares que pudieron valerse de religiosos, militares de graduación o camisas viejas para visitar a sus allegados presos sin ser acusados de nada irremediable, obtuvieron los permisos necesarios. Comenzaron a llegar noticias lenitivas de aquel silencio. Hitler estaba bloqueado en la batalla de Inglaterra, los maquis se organizaban en varias zonas del norte y se rumoreaba que los Estados Unidos iban a invadir la península por el sur.

86

Todos deseaban que pasara el tiempo y aprendieron que ritmando los segundos transcurría un minuto cada vez que se contaban sesenta. Pero eran largos los días.

Había entre los presos un hombre envejecido y silencioso que evitaba la proximidad de los demás incluso durante las noches, cuando todos se hacinaban buscando el calor de los otros. Todos le llamaban El Rorro y pocos sabían su nombre. Soportaba estoicamente el frío, el hambre y la desconfianza de sus compañeros. Tenía una gran cicatriz en la frente que desperdigaba su pelo en dos mitades. De aquel rostro sombrío no podía recordarse ningún rasgo más que el silencio y unos enormes ojos que no parpadeaban, como si estuvieran en un estado de estupor perpetuo.

Nunca hablaba. Escuchaba las voces que venían del patio o de otras galerías, los ruidos que transportaba el aire, nunca lo que decían aquellos que compartían con él su cautiverio. Se llamaba Carlos Alegría y fue alférez provisional del ejército rebelde. Pertenecía a una familia de agricultores acomodados de un pueblo de Burgos y el 18 de julio de 1936 estaba a punto de tomar el tren para regresar a su casa desde Salamanca, donde era auxiliar en la cátedra de Derecho Romano, cuando le llegaron los temblores de un levantamiento del ejército en el Norte de África. «Defiende lo que te pertenece», pensó, y buscó la manera de unirse a los insurgentes. Inmediatamente obtuvo la estrella de alférez provisional gracias a su cualidad de universitario. No fue un héroe ni alcanzó a sentir el miedo de la guerra. Estuvo siempre en los cuarteles que garantizaban el suministro a los combatientes. La orden más imperiosa que dio se refería a los inventarios y siempre a furrieles ávidos de cuya fidelidad a la causa nacional siempre tuvo serias sospechas. Por su abnegada dedicación alcanzó el grado de capitán de Intendencia.

Horas antes de que el coronel Casado depusiera las armas ante el ejército insurgente, desertó. La guerra estaba a punto de terminar y él se pasaba sin armas ni bagaje al bando de los vencidos. Nadie le creyó entre los republicanos y nadie le protegió cuando las tropas de Franco entraron en Madrid. Fue inmediatamente detenido, juzgado y fusilado un amanecer junto a otras decenas de infelices que no tenían más razón para morir los primeros que la de haber sido capturados los primeros.

Las prisas por matar no dejan que la muerte sea minuciosa. Una bala le alcanzó en la parte superior de la frente y resbaló sobre su cráneo sin romperlo. El impacto le dejó sin sentido y la necesidad de ahorrar municiones evitó el tiro de gracia a un ajusticiado inane cuyo rostro estaba completamente cubierto de sangre. Fue enterrado en una fosa común, apresuradamente, como todos, y apenas unas paletadas de tierra cubrieron aquellos cadáveres.

Cuando recuperó el conocimiento, estaba mal enterrado entre los cuerpos desordenados de otros muertos que todavía olían a lo que fueron: a sudor, a orina, a lo que huele el miedo. El desorden de los enterrados había dejado bolsas de aire que nadie más que él respiraba, regalo de despedida de sus adversarios, y, sin noción del tiempo, sin más prueba de estar aún vivo que un dolor punzante en la cabeza, logró remover los muertos que le aplastaban y rasgar la capa de tierra que le separaba del cielo. Estaba vivo en un descampado —después se enteraría de que aquello era Arganda del Rey— sumergido en el silencio y en la oscuridad fresca de una primavera intrusa en aquel cementerio improvisado.

Trató de buscar ayuda, pero todos los que veían a aquel hombre ensangrentado, con una enorme herida en la cabeza, cerraban sus puertas con las fallebas del pánico.

Nadie le socorrió, nadie le prestó una camisa para ocultar la sangre que coagulaba la suya, nadie le alimentó ni nadie le dijo cuál era el camino para regresar a la casa de sus padres.

A finales de abril fue de nuevo detenido en Somosierra y enviado, otra vez, al cuartel de Conde Duque para volver a rehacer el sendero de la muerte.

Cuando le preguntaban su filiación los tercos oficiales de la cárcel, siempre contestaba lo mismo: Me llamo Carlos Alegría, nací en 18 de abril de 1939 en una fosa común de Arganda y jamás he ganado una guerra.

Por eso le llamaban El Rorro.

Juan sentía cierta simpatía por este hombre solitario y taciturno. Le atraía su perenne ausencia, que, por otra parte, desmentía la general sospecha de que se trataba de un infiltrado en busca de información. Al anochecer de uno de esos días sin listas se acercó hasta el lugar donde Juan dormitaba y le dijo al oído: «Tú y yo vivimos de prestado. Tenemos que hacer algo para no deberle nada a nadie», y se alejó hacia el final de la galería donde estaba situada la reja de acceso. Comenzó a gritar centinela, centinela, centinela con un tono de voz desgarrado y perentorio al mismo tiempo.

Todos los presos permanecieron impávidos en la postura en la que les sorprendieron los gritos. El Rorro, golpeando su escudilla contra los barrotes de la reja, seguía gritando con una energía que nadie hubiera supuesto en aquel hombrecillo tatuado por la muerte. Por fin, se acercaron dos soldados que con las culatas de sus fusiles trataron de apartarle de la puerta. Pero su capacidad de sentir el dolor se había agotado tiempo atrás ante un apresurado pelotón de fusilamiento y la contundencia de los culatazos no parecía afectarle.

En el forcejeo, logró asir la culata de uno de los fusiles y con un gesto eléctrico e imprevisible se lo arrancó al soldado que le estaba golpeando. A un lado de la reja un soldado armado, otro desarmado y, en el interior de la galería, un silencio colectivo acumulado en una inmovilidad infinita tras El Rorro apuntando a sus guardianes.

Y ese silencio desbordó la reja, la galería, la noche prematura y los jadeos de El Rorro justiciero. Ni siquiera el soldado armado hizo ningún ruido al dejar su Mauser en el suelo obedeciendo una indicación imperiosa de aquel loco que con un gesto profesional y rápido había montado el cerrojo de su arma. Lentamente volvió el fusil hacia sí, se puso la punta del cañón en la barbilla y dijo que nunca había matado a nadie y que él, sin embargo, iba a morir dos veces. Disparó para romper aquel silencio, para pagar su deuda.

Los gritos, los pitidos, las órdenes tajantes y el estupor pusieron fin a aquel día que estuvo a punto de transcurrir sin muertes. El alférez capellán dio la extremaunción a un alma deshecha en mil pedazos.

Al día siguiente sí hubo listas en el patio y camiones de hombres dóciles provenientes de la cuarta galería, pero no hubo llamadas para acudir a la Capitanía General ante el coronel Eymar. Juan seguía impresionado por el comportamiento de El Rorro y su propia docilidad ante la muerte le resultaba cada vez más insoportable.

¿Muerte? ¿Por qué muerte? Todavía nadie le había acusado de nada en concreto que no fuera haber vivido en Madrid durante la guerra. Nadie sabía que había regresado desde Elda comisionado por Fernando Claudín para tratar de organizar un atentado contra el coronel Casado.

Se tomó un tiempo que no tenía para estudiar las rutinas de Casado, anotó minuciosamente a qué horas entraba y salía en Capitanía, dónde vivía, qué trayectos hacía habitualmente...

Cuando todo estuvo dispuesto para el atentado, Madrid se rindió a las tropas del general Franco. No había conseguido retrasar ni siquiera un día la derrota.

Eso sólo lo sabían Togliatti y Claudín y nadie iba a preguntarles nada. Aún podía ser un simple funcionario de prisiones. Era demasiado joven, demasiado oscuro para atribuirle cualquier responsabilidad en la guerra. Y esto le consolaba. Podía ser simplemente un derrotado más, un perdedor fortuito porque fortuitamente estaba en Madrid el 18 de julio de 1936.

Quizás lograra ocultar la derrota de Juan Senra.

Oyó su nombre rebotando con resonancias de caverna por las escaleras que daban acceso a la galería. El eco precedió al sonido y cuando el sargento Edelmiro gritó otra vez su nombre junto a la reja que cerraba la galería, ya todos le estaban mirando, quietos, sumisos, sorprendidos. La muerte tenía un horario y ésta era su deshora.

Sin soltar la escudilla levantó su mano y un imperioso ven aquí le abrió camino entre los corrillos inmóviles para dejar franco el paso hasta la entrada. Precedido por el sargento Edelmiro y escoltado por dos soldados deshilachados y frágiles, fue conducido hasta un cuartucho sin ventanas que había junto a las cocinas, en el sótano.

Allí estaban el coronel Eymar y la mujer del abrigo de astracán asida todavía a su bolso como las rapaces retienen a sus presas. Estaban sentados en un poyete de ladrillo y ella hizo ademán de levantarse, pero un gesto rápido y gatuno del coronel se lo impidió.

El sargento y los soldados estaban esperando una orden de su superior jerárquico que al final llegó con un gesto impreciso y blando.

–¿Quiere quedarse solo con el preso, mi coronel? –preguntó el sargento, sorprendido.

Pero el gesto impreciso se trazó, esta vez con mayor amplitud, en el aire y con un a sus órdenes, mi coronel salió de la habitación seguido por los dos soldados. No cerraron la puerta y permanecieron lo suficientemente lejos para no oír pero lo suficientemente cerca para ver qué ocurría en aquel cuarto.

Y lo que vieron es que el coronel y su esposa permanecieron sentados frente a Juan Senra, que, quieto, esperaba una explicación de lo que estaba ocurriendo.

Y vieron también cómo la mujer del abrigo raído de astracán sacaba despaciosamente una fotografía de su bolso y se la mostraba al preso, que asintió con la cabeza.

El sargento Edelmiro no pudo oír cómo Juan Senra les contaba a los padres de Miguel Eymar lo sencillo y espontáneo que era su hijo. Su carácter indómito y el arrojo que demostró al negarse a huir de Madrid cuando todo se puso en su contra. No pudo oír las historias que urdió Juan Senra ante aquella madre cuyo rostro se iluminaba en la medida en que los fósiles de la mentira sustituían la atrocidad de los hechos.

Tampoco pudo intuir –la guerra no deja sensibilidad para los detalles– cómo el instinto de supervivencia iba cediendo paso a la compasión por una mujer enloquecida por un dolor que Juan Senra reconocía como se reconoce el último estertor.

Sólo vio cómo ella se acercaba al preso Senra, que, con una elocuencia desconocida, hablaba y hablaba monótonamente ante preguntas breves y suplicantes de la esposa del coronel. Y vio también, con gran sorpresa, cómo ella le tomaba por el brazo y maternalmente le obligaba a sentarse junto al atónito coronel en el poyete que, por quedar a la derecha de la puerta, el sargento Edelmiro sólo lograba ver parcialmente. Uno de los soldados pidió permiso para liar un cigarro y los tres testigos se desentendieron de lo que estaba ocurriendo sin atreverse a cuestionar el comportamiento de un superior jerárquico.

Cuando Juan regresó a la segunda galería, aún sonaban las últimas palabras de aquella mujer en sus oídos —te traeré un jersey, que hace mucho frío— y el suplicante Violeta por favor de coronel justiciero.

Casi no se atrevía a contar a nadie lo que estaba ocurriendo y, excepción hecha de Eduardo López, nadie le preguntó. Sólo la endogamia propia de las relaciones de militancia le obligó a sincerarse ante el comisario político, que no ocultó su desconcierto.

A punto estuvo Juan de hablar de un lenguaje incomprensible, pero algo le dijo que Eduardo López sólo llamaba pan al pan y vino al vino. Al día siguiente era domingo.

Todos los presos fueron obligados a asistir a la misa que el alférez capellán celebró en la misma galería. En su homilía, bélica, furibunda, patriótica, habló de El Rorro. Condenó el suicidio con ferocidad arcangélica pero no habló de otras muertes. Todos escucharon en silencio y algunos, con más instinto de supervivencia que los demás, se acercaron a comulgar cuando llegó el momento. El muchacho de las liendres entre ellos. Los comulgantes, al regresar a sus puestos, se arrodillaban tapando sus rostros con las manos, en una actitud que más que fervorosa era huidiza.

Cuando Juan le preguntó al muchacho si pensaba que comulgar cambiaría su destino, le contestó que a lo mejor sí, pero sobre todo la oblea era algo de alimento y él siempre tenía mucha hambre.

El discurso del capellán le indujo a terminar su carta

93

inconclusa. Había algo en el tiempo que transcurría tan lentamente que precipitaba los hechos, los aceleraba, aunque los segundos tenían cada vez una lentitud más exasperante.

Apenas pudo apartarse recuperó el lápiz y el papel y continuó escribiendo:

«... Sigo vivo. El lenguaje de mis sueños es cada vez más asequible. Hablo de amortesía cuando quiero demostrar afecto y suavumbre es la rara cualidad de los que me hablan con ternura. Colinura, desperpecho, soñaltivo, alticovar son palabras que utilizan las gentes de mis sueños para hablarme de paisajes añorados y de lugares que están más allá de las barreras. Llaman quezbel a todo lo que tañe y lobisidio al ulular del viento. Dicen fragonantía para hablar del ruido del agua en los arroyos. Me gusta hablar en ese idioma.»

El muchacho de las liendres se sentó a su lado y guardó silencio. Juan interrumpió su carta y supo que había aprendido a catalogar las tristezas, a distinguir una desesperación de otra, a reconocer el miedo con odio, el odio a secas y el miedo químicamente puro. Sabía incluso diferenciar al que se arrepiente por no haber hecho algo del que se arrepiente por haberlo hecho. Pero aquel muchacho tenía en la mirada la cicatriz de un sentimiento que ya casi había olvidado: la añoranza. Probablemente por esa razón hablaron despaciosamente mirando el cielo cuarteado a través de una ventana enrejada. Juan le habló de Mozart –otro derrotado– y de Salieri, le habló de Ramón y Cajal –un luchador solitario– y de cómo se formaban las nubes. Le habló de Darwin y de la importancia del dedo pulgar para que el hombre se hubiera hecho hombre, bajara del árbol y aprendiera a matar a sus iguales.

—Pero todo lo que ha pasado, el Frente Popular, la guerra, era para acabar con eso, ¿no?

Aquella tarde heladora en una galería inexorablemente apeada del movimiento natural de las cosas, Juan no tuvo fuerzas para consolarle. Todo ha sido inútil porque no era verdad el punto de partida. Hagas lo que hagas, siempre tendrás a la mitad de tu gente en contra. Es como un castigo. Nadie está obligado a hacerlo bien entonces. ¿Te estoy aburriendo?

—¡Lo que daría por poder liarme un cigarro! —fue toda su respuesta.

Y hablando de esto y aquello se olvidaron de la muerte y transcurrió un domingo subrepticio en una ciudad almibarada de miedo. Vinieron días y más días con listas al amanecer y llamamientos ante el tribunal del coronel Eymar. Pero, a medida que pasaba el tiempo, los descansos eran más frecuentes. Hoy no había camiones de la muerte, mañana no había comparecencias ante el Tribunal de Represión de la Masonería y el Comunismo... Y a Juan nunca le llamaban.

Al cabo de unas semanas, al atardecer, su nombre fue gritado por los pasillos y el sargento Edelmiro le acompañó otra vez al cuartucho que estaba junto a las cocinas. Allí estaba el fiero coronel inane y su mujer embozada en el abrigo de astracán. Nada más verle le tendió un jersey verdoso. «Era de Miguelito», le dijo, y recomenzó como si no hubiera pasado el tiempo desde la conversación del día anterior.

Ella le contaba anécdotas de su hijo a cambio de las mentiras de Juan, que recordaba que una vez Miguel se quitó unos calcetines de lana para prestárselos a otro preso aterido de frío, o que en una ocasión arrojó el rancho al rostro del cocinero que había negado el pan a un preso que cantaba el *Cara al sol* siempre que le dirigían la palabra...

Eran mentiras no del todo inventadas, pero atribuidas a alguien que no merecía ser su protagonista, al que nunca se hubiera podido atribuir algo heroico, ni altivo tan siquiera. La estrategia funcionó. Juan Senra lo comprobó porque en dos ocasiones el sargento Edelmiro fue ignorado cuando asomó la cabeza pronunciando un servil lo que guste usted mandar, mi coronel y, porque al final, cuando ya la impaciencia del coronel Eymar se transformó en suaves Violeta, que es tarde o en Violeta, no tenemos autorización más que para quince minutos, las manos de la mujer abrieron el bolso y le tendieron un bocadillo de arenques envuelto en un papel de estraza.

–Volveré –dijo desafiante, mirando a su marido.

Juan soportó el rutinario interrogatorio de Eduardo López y compartió el bocadillo con el muchacho de las liendres. ¿Qué le hacía pensar al comisario político que algún día iba a hacer uso de la información que acumulaba? El hecho de que él todavía estuviera vivo se debía simplemente a la casualidad, a un orden arbitrario de la muerte. Además, era imposible tener contacto alguno con el exterior de la cárcel y aun así, bendita disciplina, él seguía acumulando información y analizando el comportamiento de los presos.

Se excusó con evasivas para terminar la conversación porque la vida olía a arenques y eso la hacía maravillosa.

Pasaron los días y el mes de marzo fue frío y húmedo como lo es el tiempo deshabitado.

Aunque sentía rechazo por el jersey de Miguel Eymar, agradeció el calor que le daba durante aquellas noches interminables.

Siguieron las listas, aunque cada vez más cortas y, lo que era más esperanzador, supieron de varias condenas a cadena perpetua pero no a muerte.

Eso era algo parecido a la vida.

Tuvo otra visita de la mujer del abrigo de astracán y su sumiso marido. Volvió a mentir, a inventarse historias y detalles heroicos que arrancaban la complacencia de aquellos labios incoloros y rígidos a los que nadie nunca hubiera atribuido la capacidad de besar. Pero, como a Sherezade, aquellas mentiras le estaban otorgando una noche más. Y otra noche más.

Y otra noche más.

Hasta que un día el primero de la lista para someterse al veredicto del coronel Eymar fue el muchacho de las liendres. Juan esperó todo el día el regreso de los juzgados. Por la ventana logró preguntar a gritos si alguien sabía qué le había ocurrido a Eugenio Paz. Nadie daba razón de él. Ni siquiera el capellán supo decirle qué había sido del muchacho. Comenzaron unos días de una angustia nueva para Juan, una angustia sobre la angustia, una incertidumbre sobre la incertidumbre.

Las vidas larvadas en las prisiones reconstruyen con tal urgencia un historial de afectos, de recuerdos agolpados en el tiempo, que los propios presos se sorprenden de que, para generar los afectos anteriores, los de fuera, se necesite toda una vida vivida intensamente. Pese a ello, Juan se horrorizó al pensar que, si estuviéramos vivos en la tumba, terminaríamos por amar a los gusanos.

Sobornó al sargento Edelmiro con el jersey de Miguel Eymar, pero sólo logró saber que estaba en la cuarta galería, no la pena que le había sido impuesta. Trató de mandarle un recado pero ya no tenía con qué pagar sus súplicas y Eugenio Paz nunca supo que Juan Senra le había mandado un abrazo de amigo y de hermano.

Nunca supo que Juan Senra quería saber dónde encontrar a la segoviana embarazada para decirle que Eugenio le era fiel y la añoraba. Nunca supo que Juan estaba preocupado por las heridas que se causaba en la cabeza aliviando la irritación que le producían los piojos.

Un amanecer, pegado a pesar del frío a las rejas de la ventana sin cristal, escuchó el nombre de Eugenio Paz en la voz del oficial que enumeraba los elegidos para morir aquel día. Juan hizo el último esfuerzo físico de su vida subiéndose a pulso hasta asomarse a la ventana y gritó:

—¡Eugenio, no subas al camión! ¡Soy Juan!

La voz del oficial continuó gritando nombres como si nada ni nadie pudiera interrumpirle. Las fuerzas poco a poco le abandonaron y Juan se dejó caer desmadejado al suelo. Lloró como nunca hubiera pensado que se podía llorar después de una guerra. Cuando el ruido del motor del camión se desvaneció tras el portón del patio, algún intérprete de los sollozos, algún avezado traductor del llanto, hubiera colegido que, entre aquellos sonidos entrecortados, Juan había pronunciado la palabra «adiós». Pero nadie le oyó y una languidez insensible al frío, al hambre, al aliento de los demás se apoderó de él durante dos días y dos noches, como si su biología se hubiera detenido, como si el mismísimo tiempo se hubiera muerto de tristeza.

Juan supo que ya no tendría mucho tiempo para acabar su carta. Con una letra parsimoniosa y minúscula siguió escribiendo hasta agotar todo el papel que había conseguido:

«*Aún estoy vivo, pero cuando recibas esta carta ya me habrán fusilado. He intentado enloquecer pero no lo he conseguido. Renuncio a seguir viviendo con toda esta tristeza. He descubierto que el idioma que he soñado para inventar un mundo más amable es, en realidad, el lenguaje de los muer-*

tos. Acuérdate siempre de mí y procura ser feliz. Te quiere, tu hermano Juan.»

Trató de imaginarse el gesto del alférez capellán cuando tuviera que censurar su carta. Cerró el sobre, puso la dirección de su hermano y se la entregó al guardia de turno para que le diera curso. Era lo habitual.

Así se despedían siempre los muertos de los vivos.

Al tercer día, la voz del sargento Edelmiro repitió su nombre hasta que Juan salió de su abatimiento. Alguien le ayudó a llegar hasta la puerta y los soldados no le custodiaron esta vez porque necesitaron de todas sus fuerzas para llevar en andas a Juan Senra ante la mujer del abrigo de astracán. Y allí estaba, solícita, maternal, ocultando con su rapacidad oscura la diminuta presencia del coronel Eymar, que, como siempre, se mantenía en un discreto segundo plano.

Ella preguntó si estaba enfermo. Juan tardó en contestar, como si no comprendiera, y, al fin, logró decir: Estoy muerto. Vamos, vamos, dijo animosa la mujer, llevándole hacia el poyete. Todo pasará. Juan se dejó llevar y negó con la cabeza.

—Eres joven y todo esto pasará. Ya lo verás. —Pero Juan seguía negando mansamente con la cabeza—. Te he traído un bocadillo.

—No tengo hambre.

—Tienes que comer, tienes mal aspecto.

—Estoy bien.

—¿Y qué te pasa?

Juan miró a aquellos dos seres melifluos que le hablaban y se comportaban con él con una actitud parecida a la del propietario. Juan era su juguete, algo que tenía que funcionar cuando ellos le dieran cuerda, moverse cuando le empujaran, pararse cuando se lo ordenaran. Por eso no entendían su comportamiento.

—Es que he recordado —dijo.

Y aquella mujer cometió el error de preguntar qué era lo que había recordado para ponerse tan enfermo.

Juan le dijo que había recordado la verdad, que su hijo fue justamente fusilado porque era un criminal, no un criminal de guerra, calificación en la que los juicios de valor cambian según el bando, sino un criminal de baja estofa, ladrón, asesino de civiles para robarles y venderlo después de estraperlo, muñidor de delincuentes y, lo que era peor, traidor a sus compinches. Gracias a él había caído toda una organización de traidores, gracias a él se habían desbaratado organizaciones que traficaban con medicamentos. Pero afortunadamente de nada le había servido ser un cobarde, porque, al final, había sido condenado a muerte por un tribunal justo y ejecutado por un pelotón aún más justo. Y no fue heroica su muerte, yo —en esto mintió— estaba presente mandando el pelotón que le ejecutó. Se cagó en los pantalones, lloró, suplicó que no le matáramos, que nos diría más cosas sobre las organizaciones leales a Franco que había en Madrid..., fue un mierda y murió como lo que era. Todo lo que les he contado hasta ahora es mentira. Lo hice para salvarme, pero ya no quiero vivir si eso le produce a usted alguna satisfacción. Ahora quiero irme.

Todo fue como un fulgor, una sacudida que congeló el aliento del coronel Eymar y de su esposa. Escucharon aquel fugaz retrato de su hijo trazado con unos colores que identificaron inmediatamente como los colores de la verdad. Nadie miente para morir.

Ni siquiera se opusieron a que saliera del cuartucho adonde había sido conducido exangüe y que ahora abandonaba ordenando al sargento que le subiera a la galería. Aunque el suboficial buscó el consentimiento del coronel. La mirada cristalizada de su superior jerárquico fue interpretada como aprobación y, recuperando una marcialidad a la que, de repente, se sentía obligado, dio un empellón a Juan Senra y mantuvo una distancia cautelosa mientras subían la escalera que llevaba a la segunda galería.

Juan Senra no habló con nadie. No guardó cola para recoger el sopicaldo en su escudilla y permaneció en silencio frente a la ventana a través de cuyos barrotes intuía un cielo inmenso y gris capaz de negar las primaveras.

Dos días después, su nombre fue el primero de la lista para acudir ante el tribunal. Fue el primero en comparecer ante el coronel Eymar. Fue el primer condenado a muerte de aquel día y ni siquiera las amenazas del alférez Rioboo ni los golpes en la cara del secretario albino, pintor de estandartes, lograron obtener algo parecido a una posición de firmes.

A la siguiente madrugada su nombre fue el primero de la lista para bajar al patio y cuando el camión que le conducía junto a otros condenados al cementerio de la Almudena traspasó el portón de la cárcel, Juan pensó que Eduardo López estaría más tranquilo sabiendo que no había ninguna razón para mantenerle vivo. Trató de adivinar qué arcanos criterios habría aplicado el alférez capellán para censurar la carta que había escrito a su hermano y le tranquilizó pensar que jamás sería enviada.

Además, y esto también le otorgó cierto sosiego, del rostro del coronel Eymar desaparecería para siempre esa mueca de satisfacción impune.

Sólo dejó de odiar cuando pensó en su hermano.

Cuarta derrota: 1942

o

Los girasoles ciegos

Reverendo padre, estoy desorientado como los girasoles ciegos. A pesar de que hoy he visto morir a un comunista, en todo lo demás, padre, he sido derrotado y por ello me siento sicut nubes..., quasi fluctus..., velut umbra, *como una sombra fugitiva.*

Lea mi carta como una confesión, al cabo de la cual, Dios lo quiera, absuélvame, pero si, como me temo, mi pecado no tiene perdón, rece por mí, porque de mi contrición yo mismo tengo dudas —tal es el Demonio de mi cuerpo—, aunque de mi atrición esta carta pretende dar cumplida cuenta.

Todo comenzó cuando, siguiendo su consejo, Padre, me alisté en el Glorioso Ejército Nacional. Combatí tres años en el frente participando en la Cruzada, conviviendo con seres gloriosos y horrendos, con soldados llenos de ideales y mezquinos instintos, pero propensos a Dios cuando tienen que elegir entre la perdición y la Gloria. A ellos me uní, me fundí con ellos. Cierto es que no fui ejemplo de santidad porque, ante tanto horror, los instintos son, a la postre, un ancla de la vida y es deber del soldado saber que los muertos no ganan las batallas. Contribuí con mi sangre a transformar el monte Quemado en un monte Exterminio.

105

Bienaventurados los justos, quoniam et ipsi saturabuntur, *porque serán hartos. Ahora me pregunto, Padre, ¿seremos hartos aunque tengamos que clamar el perdón entre los muertos, entre los fracasados, entre los pecios de la guerra?*

Tres largos años olvidando la vida, la propia y las ajenas, terminan convirtiendo al cruzado en un soldado y a las huestes de Dios en soldadesca. La vida del superviviente necesita algo más que la vida misma: la celebración del triunfo sobre el Mal es otro elemento más de la Victoria. La furia de Dios puede enloquecernos. Padre, conocí la carne.

La carne es como los tigres que habitan en el hombre, el Anfión que sabe con arte remover todas las piedras, mover todos, todos, los cimientos del alma. La carne, Padre, usted lo sabrá por el confesionario, es algo prodigioso. Puede inocularnos el orgullo de pecar e incluso la aviesa satisfacción de hacer gozar a un cuerpo que quiere morir y, a pesar de su humillación, exhala un grito de vida capaz de derretir el yunque sobre el que el soldado pretende forjar su acero.

Probablemente los hechos ocurrieron como otros los cuentan, pero yo los reconozco sólo como un paisaje donde viven mis recuerdos. Sigo preguntándome cómo eran los árboles cuando los plantaron o cómo era mi madre siendo joven o qué aspecto tenía yo cuando era niño.

Todo lo que ha sobrevivido ha alterado poco a poco su recuerdo porque su presencia real es incompatible con la memoria, pero lo que hemos perdido en el camino sigue congelado en el instante de su desaparición ocupando su lugar en el pasado.

Por eso sé cómo era lo que ha desaparecido, lo que abandoné o me abandonó en un momento de mi vida y nunca regresó a donde lo real se altera poco a poco, a donde su actualidad no deja lugar a su pasado.

Quizás por eso recuerdo a mi padre joven, alto, escuálido y vigoroso abrazado a mi madre anciana cansada y dulce. Recuerdo al Hermano Salvador con su sotana castrense acosando a mi madre anciana, cansada y dulce y a unos policías procaces insultando a mi madre anciana, cansada y dulce. Pero sobre todo recuerdo a un niño lleno de complicidades con su madre anciana, cansada y dulce, a la que no logro recordar como me dijeron que fue: joven, vigorosa y dulce.

¡Ah! Ellos pretendieron alterar el orden de las cosas, modificar los designios del Señor, ignorando que non est potestas nisi a Deo *y tuvimos que enseñar un nuevo orden a los inicuos. Tuvimos que glorificar nuestra Victoria.*

Cuando regresé, Padre, macerado de desdichas y pecados, buscando el perdón al seminario, quizá hubiera sido mejor vuestro perdón que la dilatada prueba a la que vosotros, mis maestros, decidisteis someterme. Mi formación era superior a la de casi todos mis camaradas, pero acepté de buen grado incorporarme como profesor de Párvulos y Preparatoria en el Colegio de la Sagrada Familia. Acepté el diaconato en la orden del Santo Padre Gabriel Taborit dedicada enteramente a la enseñanza. Me incorporé a una orden menor donde olvidar mis desvaríos y recuperar la Luz.

¡La Luz! Padre, con cuánto desconsuelo hablo hoy de la Luz. A mis párvulos les hablaba de la Luz, porque necesitaba despertar su inquietud bobalicona: «Numera stellas, si potes», les decía para que se sintieran minúsculos, ínfimos, vasallos. Pero la Luz tarda mucho en atravesar la obscuridad y el dolor. ¡Con qué profundo arte Dios ha creado el dolor! En

realidad, ahora me doy cuenta, de lo que quisiera hablar es del Dolor porque he aprendido que la Luz y el Dolor forman parte de la misma incandescencia.

Todo empezó con un alumno extraño entre los párvulos. Sólo Dios sabe por qué entre más de doscientos treinta alumnos tuve que fijarme en él. Todos estaban tan desnutridos que su delgadez no significaba nada. Todos eran tan obedientes, tan sumisos, que su poquedad se difuminaba en esa caterva de niños asustados que veían en el hábito el símbolo de la autoridad recuperada, el otro uniforme de los ejércitos de Dios. Jugaba en el recreo, sí, como sus compañeros, callaba en las filas como sus compañeros, atendía en clase como los demás..., pero había algo en él que, poco a poco, comenzó a llamar mi atención. Lo primero que me sorprendió es que, a pesar de sus siete años, dominaba ya las cuatro reglas mientras sus compañeros balbucían ante El Catón tratando de trabar las letras entre sí para formar palabras que no lograban comprender. Lorenzo, que así se llamaba el niño, leía de corrido, por supuesto.

—Vamos, Lorenzo, que son las ocho.

Lorenzo buscó en el fondo de las sábanas las trizas del sueño interrumpido.

—Vamos a llegar tarde al colegio... Te preparo el desayuno.

El invierno estaba pegado a los balcones acechando la tibieza y el olor a achicoria del interior de la casa. Lorenzo podía protegerse de todo menos del hambre y se levantó dócil y lentamente. Se puso el abrigo sobre el pijama y recorrió el pasillo hasta la cocina situada en el otro extremo de la casa. Su padre, ya vestido y sin afeitar, estaba trajinando en el fogón para que al menos un hornillo mantuviera el calor suficiente para templar la leche.

–Buenos días, hijo.

Un sonido gutural y un gesto mohíno fueron la única respuesta de Lorenzo, que se dejó caer con desgana sobre la única silla de la cocina.

Además del fogón de hierro, había una mesa de mármol sobre una estructura de hierro colado pintada de purpurina y un fregadero de piedra artificial que imitaba el granito. Una placa de zinc sobre la carbonera servía de repisa para un sinfín de cacerolas y sartenes perfectamente limpias, perfectamente ordenadas.

La ventana con fresquera daba a un patio estrecho por el que se intuía la luz del día. Unos visillos y la bombilla apagada protegían la intimidad de la cocina. En el patio, voces desabridas y un incesante batir de huevos daban fe de que el día había comenzado.

–Tómate la leche.

El pan de centeno no flotaba. Se hundía en el fondo del tazón sin asas, pero el hambre estaba tan domesticada que aguardaba sabiamente a que aquellos mendrugos se embebieran en leche y se hicieran comestibles.

–No quiero ir al colegio, papá.

–¿A qué viene eso?

–Es que el hermano Salvador me tiene manía...

La conversación quedó en el aire porque la madre, ya vestida, entró en la cocina con la ropa del niño y, con una maternidad apresurada y eficaz, lavó su cara con una toalla mojada en el agua templada de un puchero que se mantenía también sobre la placa del fogón. Le puso los calcetines, le quitó el abrigo y la chaqueta del pijama para ponerle una camisa de franela gris. Todo esto tenía lugar sin que Lorenzo dejara de desayunarse con la leche y el pan de centeno. Ella le embutió en un jersey cerrado de lana gruesa que encontró no pocas dificultades al pasar por la cabeza y, casi sin levantar a su hijo de la silla donde estaba derrumbado, le quitó el resto del pijama para sustituirlo por unos pantalones cortos con peto que deslizó, con la habilidad de un prestidigitador, bajo el jersey hasta que pudo abotonarle los tirantes. El final del desayuno coincidió con un peine que a duras penas logró domeñar un remolino en la coronilla que daba al niño cierto aspecto de personita en fuga. Un abrigo de paño azul rozado por los codos y una bufanda verde que cubría el rostro de Lorenzo hasta los ojos eran la señal de que el tiempo disponible había concluido.

—Hale, que vamos a llegar tarde al colegio. Dale un beso a papá.

Toda la docilidad con la que había soportado ser lavado, vestido, peinado y abrigado al mismo tiempo que se tomaba el pan de centeno con la leche se convirtió en una mueca mimosa brindada a su padre.

—No quiero ir al colegio, papá.

—Habla más bajo, que pueden oírte.

—Dice que el hermano Salvador le tiene manía.

—Claro que sí. Me está siempre haciendo preguntas y preguntas... hasta en el recreo.

Sus padres se miraron con una complicidad disimulada. Pese a las prisas, trataron de quitar importancia a su curiosidad.

—¿Y qué te pregunta?

—Pues qué hace mamá, que por qué no vienes nunca tú a buscarme al colegio... y que si me gustan los libros..., de todo.

—¿Y tú qué le respondes cuando te pregunta por mí?

—Que estás muerto.

Yo, reverendo padre, tengo un recuerdo dulce de mi infancia. La devoción de mis padres y la virtud de mis maestros me inculcaron desde muy niño el amor por Jesús. Amé al niño Jesús cuando fui niño, me preparé para ser soldado de Cristo cuando fui adolescente e ingresé en el seminario cuando llegó la hora de entregar mi vida a la Santa Madre Iglesia. Ahora recuerdo todo aquello como si mi cuerpo no existiera, como si la única substancia de mi vida hubiera sido la vocación de sacrificio. Después, una dulce marea de entregas y sufrimientos me mantuvo al margen de la vida y fue conformando un alma satisfecha por la conquista heroica de las virtudes teologales, la convicción profunda de la Fe y el silencio íntimo de la meditación.

Quizás por eso, Padre, cuando fui arrojado a la vida, siempre preñada de corrupción y desorden, me sorprendió indefenso porque hasta que lo vi, Padre, yo no había tenido conocimiento del Mal. Y creo que el Mal lo sabía.

Es cierto que acepté de buen grado unirme a la Cruzada, y, si me hubiera llegado la hora durante la contienda, usted y los míos sólo hubieran podido decir de mí lo mismo que el Padre pudo decir del Hijo: Oblatus est quia ipse voluit. *Es verdad que fui yo quien quiso el sacrificio, pero también es cierto que nunca intuí lo horrible que era el mundo. Fanfarrón, gregario, embustero, pecador y heroico. Poco a poco me fui desguarneciendo, como si yo estuviera perdiendo la batalla.*

Ahora ya puedo hablar de todo aquello, aunque me cuesta recordar, no porque la memoria se haya diluido, sino por la náusea que me produce mi niñez. Recuerdo aquellos años como una inmensidad vivida en un espejo, como algo que tuve la desdicha de sufrir y observar al mismo tiempo. A este lado del espejo estaba el disimulo,

111

lo fingido. Al otro, lo que realmente ocurría. Hoy, lo que recuerdo del niño que fui sigue asustándome porque con los años se impone la convicción de que, si yo no hubiera sido un niño, nada de lo que ocurrió habría sucedido.

Había un mundo que se llamaba Alcalá 177 y el piso tercero, letra C, era mi tierra. Este planeta estaba en un universo, inmenso y al acecho, que era una manzana triangular limitada por las calles de Alcalá, Montesa y Ayala. ¡Una manzana que ni siquiera tenía cuatro lados, como todas las demás, y, aun así, era mi cosmos! Más allá, había otras galaxias: la calle Torrijos y Goya por un lado y, por el otro, el sombrío mundo de la Fuente del Berro y la Plaza de Manuel Becerra donde habitaban niños más pobres que nosotros a los que nos vinculaba un odio recíproco e injustificado, explicable sólo porque, a la sazón, era todo banderizo: las aceras, la pelota, la peonza, la goma de borrar y los amigos. Además, recuerdo que había un pasadizo aséptico y urgente que desembocaba en el colegio de la Sagrada Familia, un palacete que hacía esquina a las calles de Narváez y O'Donell. Un cuarto de hora de camino que recorrí, acompañado o solo, miles de veces y, sin embargo, tan ajeno a mí que no consigo reconstruir del todo su paisaje. La verdad es que únicamente cuando regresaba a mi manzana volvía a estar en mi universo.

Pero, de todos los recuerdos, el que por encima prevalece es que yo tenía un padre escondido en un armario.

Hoy pienso, Padre, que me llamó la atención algo que le distinguía de los demás: era un niño triste pero con una serenidad extraña para su edad. En sus juegos sin discordia, en su obediencia sin sumisión, en su interés por aprender y su orgullo por saber, en su silencio... Quizás su infancia me recordó la mía y quise revivir en aquel párvulo el niño que yo fui. Pensé que sería un buen pastor en nuestra Iglesia. ¡Ay de mí!

Noté algunas otras diferencias: recuerdo que, cuando todos los alumnos en fila, antes de salir del colegio, formaban marcialmente y entonaban el Cara al sol *al atardecer como despedida de una jornada de jubiloso aprendizaje, Lorenzo no compartía el espíritu de Flecha que sus compañeros demostraban. Mantenía, sí, la compostura, pero un día me acerqué a él sigilosamente por detrás y advertí con sorpresa que mantenía el brazo en alto, movía los labios, pero no cantaba. ¡Le pedíamos amor a su Patria y nos devolvía su silencio!*

Le castigué a no abandonar aquel patio si no cantaba el himno completo, pero no cantó. Se mantuvo erguido y con el brazo en alto aunque ni siquiera comenzó la primera estrofa. No sé si prevaleció en mí la ira por su rebeldía o la dicha por la oportunidad de doblegar con mi autoridad a un hijo impío de un siglo sin fe. «¡Canta», le ordené, «es el himno de los que quieren dar la vida por su Patria!»

«Mi hijo no quiere morir por nadie, quiere vivir para mí», dijo una voz suave y melosa a mis espaldas. Me volví y era ella.

Ahora comprendo la frase del Eclesiastés: La mirada de una mujer hermosa, pero sin virtud, abrasa como el fuego. Yo ignoraba entonces que así nacía mi desvarío.

Acostaron al niño y guardaron silencio en el comedor envuelto en la penumbra. El silencio formaba parte de la conversación porque ambos ocultaban sus lamentos. Aunque la ventana del comedor que daba también al patio de las cocinas estaba cubierta por una espesa cortina de terciopelo azul, vestigio de otros tiempos en que, antes de vender todo lo vendible, hubo un aparador con cabezas de guerreros medievales tallados en sus puertas, una alacena con platos de porcelana inglesa y un extraño pez de cristal de Murano con la boca abierta, el matrimonio permanecía en la habitación iluminada únicamente por la luz que llegaba del pasillo, para que nadie advirtiera que había dos adultos viviendo en esa casa.

Mientras la claridad del día prevaleciera sobre la luz del interior, Ricardo Mazo podía moverse con cierta soltura por el piso, evitando siempre acercarse a las ventanas y a los balcones. Las habitaciones del fondo daban a la calle Ayala y enfrente había un cine, el Argel, que estaba siempre vacío por las mañanas. Era ése el momento que aprovechaba Ricardo para, con las precauciones necesarias, ver la calle, la gente que vivía transitando una ciudad llena de espacios, de conversaciones, de saludos, de prisas y de parsimonias que él reconocía como suyas. Pero cuando oscurecía, Ricardo nunca entraba en una habitación iluminada, esperaba a que apagaran la luz del pasillo para ir al baño y caminaba con un sigilo que, en ocasiones, conseguía asustar a su mujer y a su hijo. Todo estaba preparado para que él no ocupara lugar en el espacio iluminado.

—Tengo que escaparme de aquí, intentar pasar a Francia.

Elena buscó las manos de su marido sobre la mesa. No hacía falta repetir que aún no era posible, que había que esperar que se fueran apagando los rigores de la venganza, que el gobierno de Vichy estaba deportando refugiados españoles a mansalva y que, de huir, lo harían todos juntos, ellos dos y el niño. Nunca más volvería a separarse lo que quedaba de familia. Su hija mayor, Elena, había escapado con un poeta adolescente al terminar la guerra y nunca volvieron a tener noticias de ella. Ni siquiera se atrevían a preguntarse si vivía.

Preñada de ocho meses, su hija huyó de Madrid a los pocos meses de terminar la guerra siguiendo a un aprendiz de poeta que se transfiguraba recitando a Garcilaso.

El muchacho había publicado unos poemas –pindáricos, decía él– en *Mundo Obrero* y en algunos boletines del Ejército Popular y temió ser ajusticiado por ello. Se ocultaron en casa de Eulalia, una antigua criada de los padres de Elena, hasta que encontraron la oportunidad de salir clandestinamente de Madrid en un camión que transportaba ganado a Valladolid. No volvieron a tener noticias de ellos aunque les consolaba pensar que habían logrado exiliarse.

Hablar siempre en voz baja es algo que, poco a poco, disuelve las palabras y reduce las conversaciones a un intercambio de gestos y miradas. El miedo, como la voz queda, desdibuja los sonidos porque el lado oscuro de las cosas sólo puede expresarse con silencio.

Fui ingenuo, Padre, porque creí que todas las cosas del mundo tenían ya su nombre, es decir, estaban ya clasificadas. Yo pensaba que en eso estribaba la armonía. Para mí era suficiente con llamar a las cosas por su nombre, buscar los sentimientos en el diccionario de las Sagradas Enseñanzas para saber si estábamos hablando de la Gracia o de la Perdición. Pero hay un campo de nadie, Padre, que no está donde está el pecado y su castigo, ni está tampoco donde la virtud y su recompensa: si tuviera que dibujar un mapa trazaría una ancha franja oscura a la que, con el derecho que se otorga a los descubridores, me atrevería a llamar Elena. Elena era y es la madre de Lorenzo. Voluntas bona, amor bonus; voluntas mala, amor malus. *¡Santo Tomás se hubiera sorprendido con la complejidad de mi mapa! Hay un lado turbio en todos los paisajes que nunca podremos reducir a la simple geografía. Padre, hay un punto oscuro en nuestro ser que no contemplaron nuestros Padres: entre lo beatífico y lo abyecto hay un campo inmenso que no resuelve el problema del Bien y del Mal, un ámbito ambiguo, ahora lo sé, que es precisamente el de los hijos de Adán. Padre, hay que ser hijo predilecto del Señor para no tener que elegir entre lo divino y su contrario. Yo sólo soy un hombre, Padre, hijo del error original y la maldición que conlleva.*

Mi hogar se distribuía a ambos lados de un pasillo. El edificio estaba dividido también en dos mitades: los pisos con balcones a la calle de Alcalá, que formaban la parte noble del vecindario, y los más humildes, que daban a la calle Ayala. Nosotros vivíamos en uno de estos últimos.

Aunque podría describir palmo a palmo aquella casa, lo imborrable de aquel piso serán siempre las ventanas que acechaban eternamente nuestras vidas, eran la parte frágil de nuestro reposo familiar. Si estaban abiertas, sólo podía hablar en voz alta con mi madre; si era de noche tenía que esperar a que mi padre abandonara las habitaciones para encender la luz. Todo este juego de silencios y oscuridades estaba transido por un tercer elemento que cristalizaba cualquier situación en la que se produjera: el ruido del ascensor.

Desde que se ponía en marcha hasta que llegaba a nuestro piso, el tercero, había un tiempo que todos teníamos interiorizado y perfectamente medido. Si se paraba en el segundo, o continuaba más arriba, todo seguía en el punto en que se había detenido; si se paraba en el tercero, no sólo se congelaba el tiempo sino que se petrificaba el aire hasta que oíamos un timbrazo en cualquiera de las otras tres viviendas de nuestro rellano. Entre todos los ruidos, entre todas las voces, entre todas las expresiones de vida a nuestro alrededor, mi padre, mi madre y yo teníamos perfectamente catalogados los que presagiaban peligro y los que reflejaban rutina. Nadie aludía nunca a esos silencios que el ascensor provocaba, como nadie hacía comentario alguno cuando mi padre, si alguien llamaba a nuestra puerta, se escondía en un armario empotrado tras un tocador con dos mesillas a ambos lados de un espejo.

El armario no había sido construido para la finalidad que ahora tenía. Antes de la guerra, aprovechando una irregularidad del dormitorio que ahora parecía cuadrado, habían creado un espacio triangular disimulado tras un tabique sobre el que se apoyaba un espejo, enmarcado en caoba oscura, que llegaba hasta el suelo y que era en realidad la puerta de un gran armario empotrado. Cabía una persona holgadamente, tumbada o de pie y las bisagras de la puerta estaban disimuladas con un enorme rosario de tupidas cuentas de madera con un crucifijo de plata en el que había un Cristo deforme pero con un gesto de dolor tal en su rostro que procuraba no quedarme nunca a solas con él en aquel cuarto.

Había, además de dos camas de hierro niquelado con cabeceros adornados con hojas metálicas de parra y un cristal oblongo, un enorme armario de tres cuerpos con una luna enorme en la parte central que me servía a mí para soñar en un mundo donde mi derecha era su izquierda y al contrario. Recuerdo que mi padre definió mi confusión algo así como «puntos de vista diferentes a la hora de ver las cosas». En ese armario se guardaba mi ropa y la de mi madre. Olía a naftalina. La de mi padre se ocultaba con él en su cobijo. He conservado el olor de ese escondite y lo he reconocido en las cocinas pobres, en las uñas sucias, en las miradas desgastadas, en los desahuciados por los médicos, en los humillados por la vida y en las garitas de guardia de los cuarteles. En las cárceles no huele a eso, huele a lejía y al olor que tiene el frío.

Me sentí pastor y fui feliz al saber que había descarriados en mi rebaño. ¡Cuán lejos estaba yo, Padre, de saber que yo era el lobo! Como Bossuet, hice acopio de mi cáliz para darles de beber los secretos del Señor. Comencé a hacerme el encontradizo.

Nunca más obligué al niño a cantar, aunque no me pasaba desapercibido su fingimiento. Al romper filas, cada tarde, los alumnos se abalanzaban hacia la puerta de salida del colegio. Yo espiaba el comportamiento de Lorenzo y no pocas veces tuve ocasión de encontrarme con su madre. Al principio nos limitábamos a saludarnos formalmente y, aunque ella rehuía mi conversación, poco a poco comenzamos a intercambiar algunos comentarios sobre el niño, luego sobre la infancia alborotada, sobre la misión de la docencia y otros temas que, pensé, me llevarían a hablar de las verdades del alma.

Yo, Padre, notaba que me sentía a gusto junto a ella, pero pensé que si Dios había querido dotar al hombre de una compañera semejante a su primera criatura, adjutorium simili sibi, *era también Su Voluntad que yo sintiera la complacencia que sentía. Lorenzo guardaba silencio si bien es cierto que buscaba con insolencia la mirada de su madre, pero yo, lejos de notar las complicidades que se traían entre manos, me compla-*

118

cía también por el amor filial que su madre le inspiraba. La pez es densa y es oscura para ser impenetrable, Padre.

No niego que intuí en Elena el ancestro de Eva, no el de la Eva hermosa, pura y grácil, formada para cautivar el corazón del hombre y subir con él en común vuelo hasta Dios, sino el de la Eva caída, desnuda y arrepentida, la primera inductora del mal. Pese a ello, convertí en rutina acompañar a Lorenzo y a su madre durante un trecho del camino que recorrían para regresar a casa. Había algo en Elena que me inducía a librar mi propia batalla. Fueron momentos felices de mi diaconato en aquel colegio.

–El niño no volverá al colegio. Diles que está enfermo.

–Eso levantará aún más sospechas.

–Pero no podemos exigirle que soporte eternamente los acosos de ese fraile. Tenemos que cambiarle de colegio, o lo que sea.

–Los dos aguantaremos a ese untuoso, no te preocupes.

Cada mañana, las resistencias del niño a ir al colegio adquirían formas nuevas: unos días fingía una tos que le hacía vomitar el desayuno, otros un dolor insufrible de estómago le mantenía con la cabeza en las rodillas mientras su madre trataba de vestirle con dulzura, otros, sin más, lloraba dócilmente.

Sólo cuando la evidencia hacía inevitable el camino del colegio, abandonaba sus lamentos en favor de una resistencia pasiva que multiplicaba el tiempo necesario para dar un paso, para recibir un beso o guardar el cuaderno de tareas en la mochila de cuero.

Elena, ya en la puerta del colegio, empujaba suavemente a su hijo hacia el interior del patio y le susurraba al oído una frase cómplice:

—Tenemos que ser fuertes para ayudar a papá. Él nos necesita.

Después, permanecía junto a la valla del recinto hasta que un coro de voces infantiles comenzaba a cantar *Montañas nevadas* o cualquier otro himno patriótico. La rutina de lo oscuro comenzaba con la ternura de esas voces que ensalzaban epopeyas desconocidas con palabras ininteligibles para ellos. Eran los tiempos de lo incomprensible y nadie trataba de entender lo que ocurría.

Abrigada por un sobretodo oscuro con cuello de terciopelo ancho y redondo, Elena regresó hasta el cruce de las calles Alcalá y Goya para tomar el metro que solía utilizar para llegar hasta Argüelles, donde, cuatro manzanas más allá, estaba la empresa Hélices, una compañía estatal hispanoalemana que, auxiliar de otras empresas estatales aeronáuticas, encargaba traducciones a Elena.

Este trabajo, además de algún dinero para la subsistencia, daba derecho a Elena a retirar del economato del Ejército de Aviación dos chuscos de pan blanco a la semana, que recibía al margen de la cartilla de racionamiento, donde sólo figuraban ella y el niño.

Las traducciones en realidad las hacía su marido, que, de esa forma, aliviaba su sensación de ser una carga para su mujer y su hijo. El uso de la máquina de escribir, una Underwood negra con la marca de fábrica en letras doradas, estaba también restringido a los momentos en que Elena estaba en casa. Cuando ella salía, Ricardo hacía su trabajo a mano y lo mecanografiaba, tres copias con papel carbón, mientras ella recogía silenciosamente la casa o cosía a mano, porque el ruido de la máquina de coser —una Singer negra y niquelada sobre una plataforma de madera apoyada en una estructura modernista de hierro colado— y el de la máquina de escribir tampoco eran compatibles.

Ella, para hacer frente a los gastos de la casa, trabajaba para una lencería a medida de la calle Torrijos que reservaba para Elena los trabajos que requerían mayor esmero. Siempre calificaban de primorosas sus labores, pero la señora Clotilde no por ello aumentaba sus tarifas.

Aquel día, cuando regresó a casa con el tratado de estroboscopia que tenía que traducir urgentemente, María, la portera, le dijo que un religioso había venido a visitarla, y que, aunque ella le había dicho que no estaba en casa, insistió en subir y había estado un buen rato llamando al timbre de su casa.

Ese cosmos estaba netamente dividido en dos mitades: la lóbrega y la luminosa. A la primera pertenecía el colegio, las preguntas de mis profesores y el silencio, a la otra pertenecía una parte de mi barrio y la forma que tenían sus gentes de relacionarse conmigo. Con la distancia tengo la sensación de que, como un péndulo, yo era capaz de estar a un lado y a otro sin confundirme gracias a las enseñanzas del espejo.

En casa vivíamos una complicidad parlanchina, en la calle vivíamos un bullicio silencioso. Yo tenía que disimular lo que mi padre me enseñaba en casa cuando estaba fuera y remozar lo que ocurría en el exterior cuando estaba en casa. La relación con otros niños del barrio, por ejemplo, era un ejercicio de equilibrios bien guardados.

Aunque todos íbamos a distintos colegios, vivíamos en nuestra manzana sin traer nada del exterior, ni siquiera recuerdos, ni siquiera el miedo que nos inspiraban nuestros maestros. En la esquina de Alcalá con Ayala, el ángulo más agudo de nuestra manzana, había una clínica dental que era en realidad una tienda sin escaparates, con sendos poyetes de mármol en cada fachada, uno en la calle de Alcalá, que apenas usábamos porque era frecuente encontrar escupitajos con sangre de los pacientes, y otro en la calle Ayala que era, por ser la zona menos transitada, el punto de reunión de los niños de la manzana. Jugábamos a los juegos de los niños sin juguetes: a la taba, al rescate, a pídola, al zurriago y a otros juegos en los que nosotros éramos las víctimas y los verdugos, juegos donde el castigo era siempre doloroso y el premio causar daño. Era una forma más de vivir los tiempos que corrían.

Todos hablaban a menudo de sus padres. Uno de ellos, Tino, con aspecto de cachorro grande y que tenía cada ojo de un color, estaba orgulloso de su padre porque era picador de toros además de oficinista. Disfrutábamos cuando el enorme coche de cuadrillas que funcionaba con gasógeno iba a recogerle y él aparecía, espigado y grave, en el portal con su espectacular traje de luces. Otro de los integrantes del grupo de la esquina, Pepe Amigo, se ufanaba de que su padre cazaba pájaros los domingos en Paracuellos del Jarama: con redes en primavera y con liga durante el invierno. Tenía su casa, diminuta y pobre, llena de jaulas con jilgueros que cubrían por las noches para que descansaran de su agitación durante el día. Al padre de Pepe Amigo le admirábamos porque tenía una motocicleta Gilera con el cambio de marchas en el depósito de gasolina, de forma que, fuera a la velocidad que fuera, tenía que soltar una mano del manillar para cambiar de marcha y eso nos parecía una proeza. Y ello a pesar de que era cojo y llevaba un alza enorme en el zapato derecho.

También recuerdo a los dos hermanos Chaburre, que tenían doce vacas en el patio interior del edificio y abastecían de leche a la vecindad, que acudía a comprarles con las lecheras de aluminio. Su padre las ordeñaba y, en las raras ocasiones en que nos dejaban pasar a verlas, todos pensábamos en el valor que implicaba ordeñar aquellas bestias tan enormes y tan hoscas.

Podría enumerar las razones por las cuales todos admirábamos a los padres de los habitantes de la manzana. Ésta fue la única compensación que tuve el día en que se hizo público que el mío no sólo no había muerto sino que estaba en casa cuidándome desde el interior de un armario.

Ahora, Padre, sólo me quedan los escombros de la memoria, las justificaciones abatidas de mi comportamiento. Debo empezar diciendo que no sé por qué empecé a seguir a Elena cuando ella dejaba al niño en el colegio. Si alguien me hubiese preguntado entonces, la excusa hubiera sido que algo turbio envolvía a aquella mujer. Para justificar esta respuesta recurrí a un alférez provisional que desempeñaba el cargo de comisario en Gobernación. Por él supe que Ricardo Mazo, su marido, había sido profesor de Literatura en el Instituto Beatriz Galindo y constaba como huido. Fue uno de los organizadores, en 1937, del II Congreso Internacional de Escritores Antifascistas, donde hizo valer su pensamiento masónico y alardeó de su amistad personal con el comunista André Malraux y el ruso Iliá Ehremburg. Formó parte también de la comisión enviada en septiembre de 1936 por el Gobierno rojo a Plymouth para alterar las resoluciones de No Intervención tomadas por las Trade-Unions inglesas. Pocos datos más existen sobre él, exceptuando que estaba efectivamente casado con Elena y que tenía dos hijos, Elena, nacida en el veintidós, y Lorenzo, que ahora tenía siete años. De ninguno de los dos constaba que hubieran sido bautizados. Acudí a la parroquia correspondiente, la de Covadonga, en la plaza de Manuel Becerra, y no pudieron darme la Fe de Bautismo de ninguno de los hijos. Ambos habían nacido antes del Alzamiento y, por tanto, no había justificación dado que esta parroquia milagrosamente no fue ni cerrada ni agredida durante los tres años de la guerra. También me sorprendió que nunca hicieran referencia a la hermana mayor, que, siendo todavía una muchacha, había desaparecido de sus vidas.

Pudiera pensarse que mis recuerdos están al margen de la memoria del miedo, pero, a pesar del esfuerzo de mis padres para que yo no participara en aquella liturgia de temores, yo también estaba asustado por si se rompía la burbuja donde ocultábamos nuestra cotidianidad familiar y el exterior, lo de ellos, lograba penetrar en nuestro mundo arrasando nuestras ternuras silenciosas, nuestra felicidad disimulada. Recuerdo un día que estábamos jugando al parchís. El hecho de ser sólo tres jugadores lo utilizaban mis padres para darme una ventaja encubierta por ser el tercero en el tablero, de forma que mis fichas no tenían perseguidor pero yo tenía sus fichas a mi alcance. Me tocaba tirar a mí cuando el ascensor se puso en marcha. Era de noche, el portal estaba ya cerrado y no corrían tiempos para los trasnochadores. Parecía que nadie prestaba atención a los chirridos del ascensor renqueante, pero todo se detuvo en una parsimonia que parecía indiferente a lo que oíamos aunque justificaba todos los silencios.

Era tarde y era sábado. El ascensor se detuvo en el tercero. El silencio se transformó en quietud y el cubilete y los dados quedaron suspendidos en el aire hasta que sonó el timbre.

A mi alrededor comenzó un caos premeditado. Mi padre se fue diligentemente a su armario, mi madre recogió sus fichas del tablero, sólo las suyas, y a mí, que ya estaba en pijama, me acostó en una de las camas de su dormitorio.

–Pase lo que pase, hazte el dormido –me dijo.

Recolocó el rosario que ocultaba las bisagras del armario donde se escondía mi padre y, atenta a cualquier desorden, fue a abrir la puerta que estaba aporreando sin misericordia el visitante inoportuno.

La habitación se quedó a oscuras y, cuando mi madre abrió la puerta a los visitantes, el silencio regresó como si nadie lo hubiera ahuyentado, pero fue entonces cuando me acordé de que, con las prisas, no habíamos recogido los papeles de la mesa de mi padre. Ahora lo cuento como si estuviera hablando de las travesuras de un niño ajeno a mí y me resulta imposible, porque el miedo es inefable, describir el tremendo esfuerzo que supuso para aquel niño que tengo en la memoria abrir la puerta del dormitorio procurando no hacer ruido, ir a oscuras hasta la mesa de trabajo donde estaban las cuartillas que mi padre utilizaba para traducir, agruparlas en silencio mientras oía unas voces desabridas que insultaban a mi madre al otro lado del pasillo y, por último, regresar al dormitorio y arrojar los papeles dentro del armario donde se escondía mi padre y su silencio. Lo único que lamenté después de aquello es no poder contar a mis amigos mi proeza.

Desde el verano del año en que acabó la guerra, la policía no había vuelto a registrar la casa de Elena, pero una noche en la que la rutina familiar disimulaba las asperezas del miedo, llegaron cuatro hombres vocingleros al mando de uno más joven, con camisa azul y abrigo de mezclilla, que se ponía en jarra para preguntar y se atusaba el pelo lacio y grasiento mientras esperaba la respuesta. Los otros tres policías se sabían implacables, pero el joven se consideraba un dandi.

A empellones, llevaron a Elena hasta la cocina. Dos de ellos siguieron avanzando por el pasillo y el joven y otro policía que tenía la cara picada de viruela se quedaron junto a ella. Con la pistola sobre la mesa de mármol comenzó un interrogatorio caótico que Elena apenas escuchaba y que resolvía con monosílabos no siempre congruentes con las preguntas porque todos sus sentidos estaban persiguiendo a los dos policías que registraban la casa.

A las preguntas de si era cierto que su marido estaba escondido en Madrid, de si su marido había muerto, de si ella estaba amancebada con un cura, de si su hija era puta en Barcelona, de si no se le apetecía un revolcón con unos hombres de verdad, de si su marido había matado monjas en la guerra, de si era adepta al Movimiento Nacional, a todo esto, contestó que sí.

Sin embargo, contestó que no cuando le preguntaron si sabía que su marido estaba preso en Salamanca, que vivía con una furcia en el sur de Francia, si era adepta al Movimiento Nacional, si sabía quién era el padre de su hijo, si tenía contactos con el Imperio Británico o si pensaba huir a Rusia para reunirse con su marido que era un capitoste del Ejército Rojo.

El interrogatorio y sus respuestas, que hubieran sido distintas de haberse formulado en otro orden, quedó interrumpido cuando uno de los policías que registraban la casa apareció en la puerta de la cocina llevando a Lorenzo arrastrado de una oreja. El niño estaba descalzo y caminaba de puntillas como si quisiera levitar para mitigar el dolor.

126

—¡Deja a mi hijo en paz! —gritó Elena mientras se abalanzaba a coger a su hijo en brazos.

A partir de ese momento la conversación de los cuatro policías se tejió entre ellos como un juego de obscenidades y procacidades dichas al desgaire mientras recorrían la casa desordenando los armarios, los libros, la vajilla, los juguetes de Lorenzo y todo aquello que pareciera estar en su sitio.

Pero a pesar del tiempo que estuvieron en el dormitorio de Elena comentando las infinitas posibilidades de felicidad que podrían proporcionarles aquellas camas si ella fuera de verdad una mujer, no descubrieron que, tras el rosario de cuentas de madera, había unos goznes que abrían el armario donde estaba escondido un hombre angustiado por si no lograba contener el llanto.

La verdad, Padre, es que me gustaba verla moverse entre la gente, caminar recatada y grácil hacia su casa con el paso apresurado de la mujer hacendosa. En dos ocasiones me hice el encontradizo y la invité a sentarse en la terraza de un café donde servían malta con leche y mojicones. Mis desvelos por el pensamiento encontraban siempre una respuesta adecuada en el ámbito de sus sentimientos. Todo parecía armónico. Éramos como dos ángeles procedentes de distintos coros. En nada nos parecíamos y en eso estribaba nuestra armonía. Yo pensaba y ella sentía, yo analizaba y ella sufría por lo agitado de los tiempos que le había correspondido vivir.

El hombre reflexiona con la cabeza para que el pensamiento descienda al corazón donde encuentra su vigor, mientras que la mujer discurre con el corazón para que su instinto recobre la luz de la razón. Ahora sé que sus procedimientos para comunicar la verdad son tan diferentes de los nuestros como los modos que tienen de alcanzarla. Yo trataba de des-

velar su enigma, ella de persuadirme de su candidez. Si al varón corresponden los sonidos brillantes y mayores, a la mujer competen los tonos menores, suaves y velados. Ella se adecuaba a la armonía del Universo.

Todo esto pensaba yo, padre, para justificar lo esquivo de sus respuestas, lo que convertía a Elena en algo cada vez más codiciado. Decidí aproximarme más a ella, buscar más su contacto.

—No bebas más, Ricardo, te estás matando.

—¿Beber es lo que me está matando? No digas bobadas.

—Necesitamos estar lúcidos para...

—Para vivir como si no existiéramos, ¿es eso?

—No, para seguir juntos, para resistir todo el tiempo necesario. No me gusta que Lorenzo te vea tan deshecho. Por favor...

Con un gesto rápido retiró la botella de la mesa y fue a la cocina a guardarla en la fresquera. La casa estaba a oscuras y la tenue luz del pasillo sólo insinuaba los perfiles de las cosas. Aun conociendo la casa como la palma de la mano, había momentos en los que tenía que caminar a tientas. Cuando Elena regresó al comedor, la luz estaba encendida y su marido asomado a la ventana abierta de par en par. Pese al frío, casi todas las ventanas estaban abiertas para que el olor a manteca quemada y a coliflor revenida no impregnara su pobreza. Serían las diez de la noche y Lorenzo hacía tiempo que dormía.

Como si quisiera protegerle de una lengua de fuego, se precipitó sobre Ricardo con tal vehemencia que le hizo caer al suelo. Así permanecieron, arrebujándole con su cuerpo, hasta que comprobaron que otras voces y otros silencios daban los hechos por no ocurridos. Nada alteraba el frío.

Casi inmóviles, fueron desplazando suavemente con sus cuerpos el aire que mediaba entre sus cuerpos, entrelazándose hasta guarecerse mutuamente de la noche y sus miradas. Escondidos el uno en el otro hablaron del miedo, de Lorenzo y su entereza cómplice, de Elena huida, de la necesidad de no caer en el desánimo.

—No es eso, Elena, es estupor. No por haber perdido una guerra que ya estaba perdida el día en que empezó, es otra cosa.

—¿El qué?

—Que alguien quiera matarme no por lo que he hecho, sino por lo que pienso... y, lo que es peor, si quiero pensar lo que pienso, tendré que desear que mueran otros por lo que piensan ellos. Yo no quiero que nuestros hijos tengan que matar o morir por lo que piensan.

Rompió en un lamento sofocado, gutural y sordo, que su mujer fue rebañando con los labios, buscando con su lengua los ojos de su esposo y apretando sus labios contra el llanto. Gota a gota, fue sorbiendo el dolor de su marido. Y también su rabia.

Elena se levantó, cerró la ventana, apagó la luz y, a tientas, se acercó a Ricardo, que seguía inmóvil en el suelo tiritando. Tomó sus manos, suavemente le forzó a que se levantara y, sin soltarle, le llevó hasta el dormitorio con una dulzura que empezó con besos y caricias en la cara humedecida por las lágrimas y terminó desnudándole con la misma delicadeza con la que vestía al niño. Tuvo que reconstruir el camino de las caricias de antaño y jadear quedamente para atraer las pasiones enterradas en los rincones del miedo. Ayudó a que las manos de Ricardo emprendieran la búsqueda de sus secretos y terminó arrodillándose para llamar con los labios el vigor que se escondía bajo todas las tristezas. Cuando obtuvo respuesta, en el suelo para eludir los chirridos de la cama, se enzarzaron en un cúmulo de posesiones que tuvo lugar sin un jadeo, sin un grito, sin un te quiero para seguir guardando el secreto de la vida.

Una de las cosas que más me sorprende es que, inevitablemente, todos teníamos recuerdos de la guerra civil, del cerco de Madrid, de los acosos de las bombas y de los obuses. Sin embargo nunca hablábamos de ello.

En el colegio, Franco, José Antonio Primo de Rivera, la Falange, el Movimiento eran cosas que habían aparecido como por ensalmo, que habían caído del cielo para poner orden en el caos, para devolver a los hombres la gloria y la cordura. No había víctimas, eran héroes, no había muertos, eran caídos por Dios y por España, y no había guerra porque la Victoria, al escribirse con mayúscula, era algo más parecido a la fuerza de la gravedad que a la resolución de un conflicto entre los hombres.

Del grupo de amigos que formaban parte de aquel universo sólo uno, Javier Ruiz Tapiador, vestía muy de tarde en tarde el uniforme de Flecha. Tenía ocho años y ya parecía un hombre en miniatura: hablaba con voz grave, tenía un tupé inalterable por la brillantina y una forma de vestir que reflejaba cierto bienestar en su familia. Su casa era caliente y acogedora y, para corroborar su liderazgo, tenía un hermano mayor, Carlos, que nos contaba cuentos de terror a todo el grupo de amigos con una pasión en sus descripciones, con una maestría para crear situaciones horrendas, que aún hoy sigue sorprendiéndome su inefable capacidad de narrar historias improvisadas.

A la luz de una vela que le confería un aire fantasmal, hablando cadenciosamente y salpicando su narración de onomatopeyas escalofriantes, comenzaba siempre su relato hablándonos de unos hechos pavorosos que él había presenciado.

Los protagonistas eran siempre un grupo de niños de nuestra edad acosados por un ejército de leprosos que se movían lenta y amenazadoramente buscando nuestras vísceras como si fueran su única posibilidad de sobrevivir. La lepra no era una enfermedad infecciosa, era una enfermedad del alma y su peligro no estribaba en el contagio sino en su voracidad caníbal.

He dudado mucho antes de escribir esta carta y ahora tengo la tentación de no terminarla. Pero quiero contar la verdad para conocerla, porque la verdad se me escapa como el agua de lluvia entre los dedos del náufrago. Lo que no logro encontrar, Padre, es el arrepentimiento porque nadie me enseñó a diferenciar el amor de la lascivia y yo pensaba que me estaba enamorando. Atribuí a la Naturaleza la hecatombe que se estaba produciendo en mi alma, aunque eso ocurrió más adelante.

Durante muchos años conservé el miedo a los leprosos, y lo que en el imaginario de otros niños era el ogro, el sacamantecas, el demonio o las brujas con escoba, para mí lo fueron aquellos seres sanguinolentos que caminaban lenta e imparablemente perdiendo jirones de carne mientras me perseguían para comerse mis entrañas.

A medida que pasaban los meses, la actitud de Ricardo se hacía cada vez más taciturna. Elena notaba que contarle lo que ocurría fuera de aquellas paredes le alteraba y dejó de comentar cómo era la vida más allá de la puerta de la casa.

Que la ciudad hubiera reinventado su rutina tras tres años de asedio, que todos se comportaran como si no hubieran perdido una guerra, que la complicidad de sus amigos de antaño no estuviera en la derrota sino en el borrón y cuenta nueva, sencillamente le enfurecía.

Poco a poco se fue empequeñeciendo, agachando cada vez más la cabeza. El hombre pulcro que había sido se fue desvaneciendo en días sin afeitar, en aspectos desaseados, en desganas plomizas y en ensimismamientos impenetrables.

Cada vez más raramente reaparecía el hombre recto y decidido que conquistó a Elena en los tiempos en que la palabra era importante porque con ella se construía el pensamiento, cada vez más raramente emergía el pensador que pensaba en cómo se hacía viable un proyecto colectivo, el intelectual que creía que lo humano era lo único importante.

Comenzó a prevalecer el hombre inerte, empeñado en adquirir cada vez más transparencia, en ocupar un lugar cada vez menor en el espacio. Aun estando solo en casa permanecía horas y horas encerrado en el armario.

Sólo la desbordante ternura de Elena, sus sutiles sugerencias para que hiciera por favor esto o aquello, su insistencia en que terminara la traducción de Milton que había comenzado en plena guerra, o en que pusiera por escrito sus opiniones sobre la ramplonería poética de Lope y otros mil requerimientos para que regresara el profesor que había sido, sólo esto lograba devolver el brillo a unos ojos cada vez más impregnados por la sombra, cada vez más olvidados del paisaje.

Únicamente si Lorenzo estaba en casa, reaparecía el hombre resoluto capaz de seducir y entretener a un niño cubierto de zozobras.

Yo procuraba no invitar a nadie a casa para que mi padre no tuviera que encerrarse en el armario, pero mi madre, quizás por amor, quizás por estrategia, establecía un ritmo de reuniones con mis amigos en nuestro piso. Cuando esto ocurría, mi padre se encerraba en su armario con un candil de carburo y unos libros hasta que todos se habían marchado. Afortunadamente, la portera, mal encarada y grosera, y su marido, Casto, un albañil silicótico y macilento, montaban en cólera siempre que veían pasar a algún niño que no fuera vecino de la casa que tan celosamente guardaban. Esto, además de añadir un miedo más a nuestras vidas, evitaba las visitas imprevistas de mis amigos y los sobresaltos que siempre producían los timbrazos.

No podré olvidar nunca que en una ocasión en que la reunión tuvo lugar en nuestra casa, mi padre se sintió enfermo y tuvo que ir al cuarto de baño perentoriamente. A pesar de que teníamos la puerta del comedor cerrada, a través de los cristales y de los visillos que la adornaban alguien entrevió una sombra recorriendo el pasillo.

Para salir del paso, mi madre resolvió la situación hablando de un fantasma que de vez en cuando venía a visitarnos. Naturalmente la explicación heló la sangre de todos los presentes, pero estábamos tan hechos al miedo, tan acostumbrados a las imágenes del Infierno, conocíamos tan bien lo aciago y sus horribles moradores, que todos dieron por buena la explicación. Seguimos jugando al parchís y al cabo del rato se oyó el ruido de la cisterna del retrete que, al rellenarse, producía un traqueteo que terminaba en un silbido parecido al ulular del viento. El estupor y el miedo les paralizó, pero mi madre se limitó a comentar con naturalidad: «Siempre hace lo mismo este fantasma. Tira de la cadena y se marcha.» Una sensación de alivio se derramó sobre mis amigos y continuamos jugando.

Hay un no sé qué de ternura en lo sublime, flebile nescio quid, *que dijera el poeta, y es el don de las hermosas lágrimas. Las vi aflorar, Padre, en los ojos de Elena un día en que, después de dejar al niño en el colegio, la seguí hasta un piso en la calle Torrijos donde irrumpí de sopetón llevado por una curiosidad malsana, lo reconozco. Comencé a seguirla, no tanto para vigilarla cuanto por el placer de admirarla, porque aún hoy, cuando los hechos inexorables* extinxerunt impetum ignis, *han apagado el vigor del fuego, sigo sobrecogiéndome al recordar la cadencia de su caminar pausado.*

Entró en un edificio de porte señorial y tuve tiempo de ver que el ascensor se detenía en el cuarto piso. Resultó ser un taller de confección de prendas íntimas femeninas cuya hechura se realizaba por encargo de lúbricas mujeres que, sin duda, formaban parte de lo más disoluto de nuestra sociedad. Elena cosía a destajo para este taller y, debo confesarlo, sentí cierta ira al ver que aquellas manos, nacidas para acariciar a sus hijos, a sus allegados, se estaban desperdiciando en tan fútiles labores. No puedo explicar la razón por la que, rodeado de aquellos procaces maniquíes que vaticinaban el uso de aquellas prendas, tomé sus manos entre las mías y las llevé hasta acariciar mi cara mientras le susurraba que Dios las había creado para más altos designios. No las apartó, Padre, y pensé que me comprendía. Las dejó inertes sobre la piel de

134

mi rostro y sentí el céfiro de su tacto invadiendo los cimientos de mi vocación sacerdotal, transfigurando mi proyecto, confundiendo las razones de mi diaconato.

Cuando la miré a los ojos, ante la inmovilidad de las costureras presentes, a las que sin duda infundía un profundo respeto mi sotana, Elena estaba llorando silenciosamente. ¿De qué se arrepentía, Padre? ¿De dedicar el primor de sus manos a tan indigna tarea? ¿O, como yo pensé en aquel momento, estaba conmovida por la intensidad de mi afecto? Ahora sé, Padre, que sus lágrimas no brotaron por nada de esto, pero, ¡ay de mí!, ha tenido que morir un hombre para que yo lo comprendiera.

Balbucí una excusa que no me importó que fuera estúpida para explicar mi presencia en aquel piso y regresé al colegio satisfecho porque, a mi modo, ya le había dicho a Elena que yo estaba dispuesto a protegerla. Si no aceptaba, sería tan necia como la estatua que rechaza su pedestal.

−¿Quieres mucho a tu mamá?

Lorenzo asintió con la cabeza. El hermano Salvador acarició al niño en señal de aprobación. Al menos un centenar de párvulos correteaban por el patio formando un enjambre ruidoso y caótico que solamente ellos comprendían. Como el espacio no era suficiente para todos, los grupos se entremezclaban pero los juegos no, porque todos sabían con quién y contra quién jugaban.

−¿Y tu papá no os escribe?

Ricardo negó con la cabeza.

−¿Por qué?

−Porque está muerto.

El hermano Salvador acarició otra vez la nuca del niño mientras hablaba de la voluntad del Señor, de sus de-

135

signios inescrutables, de la entereza de los santos y otras cosas que Lorenzo no entendía.

–¿Y tu mamá no tiene a nadie que la ayude?

–A veces viene la señora Eulalia. Pero ahora está en la cárcel.

–¿Y por qué está en la cárcel?

–Por vender pan de estraperlo.

¡Por fin pudo decir algo que era cierto! Eulalia era una mujer compacta, ancha y alta, a la que sus sesenta y tantos años de vida habían estriado el rostro con arrugas uniformes que conferían a su mirada azul el fulgor de un ascua y a su sonrisa los perfiles de un camafeo.

Se ganaba una vida precaria como asistenta, pero eran tales los rigores de las casas que atendía que sólo lograba trabajar de tarde en tarde.

Cuando el hambre superaba su capacidad de subsistencia, pedía a Elena un chusco de pan blanco y se iba a venderlo con descaro al mercado de Abastos que había en la calle Hermosilla.

Elena, que conocía a Eulalia desde niña porque había trabajado desde siempre en casa de sus padres, le daba el pan y se comprometía a ir a verla a la cárcel de mujeres de Las Ventas.

Eulalia, con su refajo medieval y su cabello blanco, se las componía para ser vista por los guardias y cada detención suponía dos comidas diarias durante diez o quince días, según el descaro que mostrara ante el rigor del comisario.

Los jueves, a las seis, Elena y Lorenzo se apostaban en la acera de enfrente de la cárcel de mujeres y un pañuelo ondeando entre las rejas de una tronera era la señal de que Eulalia estaba recuperando fuerzas para seguir viviendo cuando saliera.

Los ojos de Lorenzo estaban fijos en un grupo de niños que jugaban a la pelota. El hermano Salvador, con un gesto de condescendencia, le dejó unirse a sus compañeros y se quedó observando cómo se integraba en un juego cuyas reglas sólo los jugadores comprendían. Las respuestas del niño, no sabía por qué, le habían llenado de un regocijo tal que le impidió tirar de las orejas a un párvulo desdentado que, como los judíos al Señor, escupió a un compañero que le había quitado la peonza.

Los gritos, el juego agitado de los niños, el sol templando un aire transparente, el candor de una respuesta, el orden natural de cada cosa, el tiempo pautado en un horario, el rebaño y su pastor, la jerarquía, devolvieron al presente el sabor que tuvo antaño cuando aún era no vencedor sino hacedor de la Victoria. El hermano Salvador se sintió un desheredado al que ahora correspondía heredar la Tierra. «Porque ellos serán hartos», pensó, y, casi sin advertirlo, cruzó aquel patio mascullando: *¡Saturabuntur!*

En Alcalá 179 vivía un personaje inquietante: Silvenín. Era algo mayor que el resto del grupo pero la diferencia de edad no justificaba su desapego. Era un personaje sólido, tan encorvado siempre hacia delante que parecía caminar sólo para guardar el equilibrio. Raras veces se incorporaba a nuestro grupo. Su padre era un adulto transparente en el que nadie hubiera reparado a no ser por la compañía de su mujer, que, sin ser hermosa, era un ejemplo de dulzura que aún hoy recuerdo como un refugio silencioso entre la hosquedad de los adultos que regían nuestro mundo. Ella se limitaba a saludar, su marido ni eso hacía de lo apocado que era.

Silvenín tenía la seriedad de su padre y los ojos azules además de la sonrisa de su madre: nos producía respeto. Recuerdo que en una ocasión en la que estábamos todos reunidos en torno al poyete de la clínica dental que daba a la calle Ayala, pasó por delante el párroco de la iglesia de Covadonga, un ser casposo y sucio con un lobanillo en la frente y unos labios flácidos siempre húmedos que salpicaban saliva cuando predicaba tonante contra el pecado en la misa del domingo y acumulaba una espuma densa y blanca en las comisuras al bisbisear sus oraciones. Todos nosotros, siguiendo las enseñanzas que habíamos recibido en el colegio, nos precipitamos a besarle la mano que él, sin detenerse, dejaba lánguidamente a merced de nuestro obsequioso respeto. Todos menos Silvenín, que, cuando se recompuso el grupo, nos preguntó: «¿Creéis que los curas no se limpian el culo?»

Los demás rieron su gracia, pero yo sentí un miedo irracional a que el secreto guardado en mi casa fuera descubierto, y, al mismo tiempo, una complicidad entrañable con aquel vecino. Ahora no sabría decir por qué, dado que mis padres, que yo recuerde, nunca me hablaron ni de la Iglesia, ni del clero, ni mucho menos de la religión, que, convertida en asignatura de Historia Sagrada y Catecismo, era simplemente algo que yo tenía que fijar en mi memoria, tarea en la que colaboraban tomándome la lección de vez en cuando. Esto me hace pensar que mis padres tenían miedo de enseñarme lo que pensaban y yo tenía miedo de saber lo que pensaban. Era otra forma de complicidad, como el armario donde vivía mi padre o la viudedad de mi madre. Todo era real pero nada verdadero.

¿Ha de ser en la renunciación donde se recojan las flores que nacen del espinoso arbusto de la vida?, me preguntaba yo, ¿o podré convertirme en el árbol robusto que se ha erguido a fuerza de pecados y arrepentimientos, de descarríos y regresos al camino, de altanerías y humillaciones? Le confieso, Padre, que, tras tantos años de inviernos y sequías, noté formarse en mí los brotes de una flor capaz de dar su fruto. Pensé en preterir mi vocación de pastor para formar parte del rebaño. Habían transcurrido más de seis meses desde mi primera conversación con Elena y se habían producido otros encuentros, forzados o casuales, en los que yo había destilado la sinceridad de mis afectos e incluso, como ya le he contado, la vehemencia de mi amistad celante.

La pérdida de su esposo que, aun formando parte de los aherrojados por nuestra razón histórica, era a la postre el padre de sus hijos, la falta de noticias de su hija Elena que el vendaval de la guerra había arrastrado a la terra incógnita del silencio y la necesidad imperiosa de sacar adelante a un vástago vivaz y triste al mismo tiempo, todo esto y muchas cosas más, me explicaban su dulzura esquiva, su falta de disposición para hablar de otra cosa que no fuera su hijo, sus prisas en dar por terminados los encuentros y el pudor que sentía cuando hablaba de sí misma. Por entonces yo, Padre, justificaba esta actitud llamándola decoro.

Varias veces fui a su casa durante las horas lectivas para tener oportunidad de hablarle de mis intenciones, pero nunca estaba en casa. Quizás este hecho, tan insólito en una mujer, debiera haberme puesto sobre aviso, pero mi aturdimiento ante opciones brotadas repentinamente en mi futuro no me permitió analizar lo extraño de los hechos.

Aunque mi función en el colegio era puramente administrativa y mis salidas estaban justificadas por la necesidad de recaudar contribuciones caritativas para la buena marcha

de la Orden, el hermano Arcadio, nuestro Superior, me re-
convino por la disipación de mi conducta. Tenía razón. Las
oraciones se me hacían interminables, las ceremonias religio-
sas ya no provocaban en mí la desazón que todo pecador debe
sentir ante los ojos de Dios, y, créame, Padre, que, de todas
las lecturas de la Sagrada Biblia, de todas mis horas piadosas,
sólo quedaba una frase de los Salmos en mi memoria: Son
tus pechos dos crías de gacela paciendo entre azucenas.

El ascensor se detuvo en el tercero. Elena estaba en la
cocina limpiando lentejas y se paralizó como si esa labor
provocara un estruendo. Ricardo, satisfecho porque acababa de encontrar la forma de traducir un endiablado verso
de Keats, dejó en el aire sus dedos sobre el teclado de la
Underwood como si le hubieran sorprendido haciendo
algo prohibido. Sólo el reloj de pared del comedor siguió
moviéndose después de sonar el timbre.

Toda esa quietud se deshizo en una rutina agitada y
silenciosa. Elena recorrió sigilosamente el pasillo hasta
comprobar que Ricardo se estaba escondiendo en el armario. Recompuso el rosario que tapaba las bisagras, fue a la
mesa donde trabajaba su marido y retiró todo lo que estaba escrito a mano. Abrió el balcón de par en par para dejar
entrar la primavera y, procurando no hacer ruido, fue hasta la puerta de la entrada. Permaneció escuchando, esperando algún sonido que identificara al visitante, pero, de
repente, un nuevo timbrazo la sobresaltó tanto que no
pudo evitar que se escapara un grito sofocado.

Era el hermano Salvador. Su cara redonda y una calvi-
cie incipiente estaban al otro lado de la mirilla sonriendo
con los labios apretados y unos ojos semicerrados con un
gesto que quería ser beatífico e implorante. Elena abrió la

puerta y él entró salmodiando buenos días, buenos días, buenos días...

Ya dentro preguntó si podía pasar y, sólo entonces, Elena cerró la puerta diciendo «Pase, hermano» y le acompañó hasta el comedor. No le invitó a sentarse pero él se sentó de todos modos y aludió al tremendo calor que daba la sotana. Ella le ofreció agua, pero el rostro del huésped recuperó la sonrisa beatífica y sugirió que, quizás, un poquito de vino.

Cuando Elena regresó de la cocina con la botella y un vaso, el religioso tenía unos libros en la mano que había cogido del aparador. Farfulló algo sobre la lectura y la soledad y levantó con un a su salud, Elena, el vaso que ella le había servido. Bebió a tragos cortos y rápidos para terminar con un chasquido de la lengua sonoro y grosero que se resolvió en una vaharada prolongada que pretendía ser un elogio del Valdepeñas. Quería hablarle de Lorenzo.

–¿Le ha pasado algo?

–No, no, todo lo contrario. Es un magnífico muchacho. Podría ser el primero de su clase, pero su timidez... –Y comenzó una larga disertación sobre el aprendizaje de la vida, la gallardía necesaria para ser el mejor, un *primum inter pares*, el mejor ante los ojos de Dios–. Quizás la ausencia de su padre...

El silencio de Elena propició una verborrea del religioso que habló del sacrificio de la enseñanza, de las satisfacciones que daba, de la obligación de detectar a los mejores para proporcionarles la energía necesaria y que llegaran a ser adalides de las grandes causas.

–Yo podría conseguir que ingresara en el seminario.

Elena no pudo evitar una sonrisa.

–¡Pero si es sólo un niño!

–Encauzar, encauzar, Elena, ésa es nuestra obligación y

141

lo que se espera de nosotros. Eso no le compromete a nada. Tendría una formación excelsa, una preparación para el futuro que, si Lorenzo así lo desea, no tiene por qué terminar cantando misa. Míreme a mí, he estado doce años en el seminario y creo que ya no quiero ser sacerdote...

—¿Usted no es sacerdote?

—¡No, mujer! Soy sólo diácono, servidor de la Iglesia, pero algún día encontraré a alguien con quien formar una familia...

Quizás por disipar el gesto de sorpresa que se había apoderado del rostro de Elena, preguntó por el retrete. Elena, solícita, le indicó dónde estaba y aprovechó el momento para comprobar que no había señales de la presencia de Ricardo en aquella casa. Poco a poco se habían acostumbrado a eliminar todo vestigio de su presencia y, desde el tabaco al que había renunciado para evitar explicaciones en los despachos de la cartilla de racionamiento, hasta los cuadernos manuscritos que su marido utilizaba para sus traducciones literarias, pasando por la ropa que nunca se tendía y se secaba con la plancha, la vida de Ricardo se había resuelto como la del aire: estaba pero no ocupaba lugar en el espacio.

Cuando el hermano Salvador salió del cuarto de baño, llevaba en la mano la cuchilla de afeitar que utilizaba Ricardo. La insolente mirada del diácono columpiándose de la cuchilla a los ojos de Elena y de los ojos de Elena a la cuchilla se convirtió en un interrogatorio silencioso donde se atropellaban todas las preguntas y se atoraban todas las respuestas.

—¿Y esto?

—Es una cuchilla de afeitar

—Eso ya lo veo. No me irá a decir que Lorenzo ya se afeita.

Las zozobras de Elena desembocaron en una carcajada sofocada entre las manos y la ira que se reflejaba en su rostro pudo confundirse con un sonrojo pudoroso.

—¡Ay, hermano, qué poco sabe usted de las mujeres! ¿Nunca le han dicho que nos afeitamos las piernas cuando se acerca el verano?

Ni ella misma pudo explicarse de dónde sacó la energía necesaria para guiñar un ojo y sonreír al mismo tiempo.

—Es uno de los secretos de nuestra coquetería.

—¿Usted se afeita las piernas?

—¡Claro! Casi todas las mujeres lo hacen —dijo y, como si quisiera aportar una coartada que justificara su inocencia, se levantó las faldas hasta la altura de la rodilla para mostrarle que lo que afirmaba era cierto.

Entonces fue cuando el hermano Salvador, teniendo la cuchilla de afeitar en una mano, avanzó lentamente hacia Elena mirando fijamente las piernas que dejaban ver las faldas remangadas, se inclinó ante ella y, como si fuera a rescatar un cachorro abandonado, abarcó su pantorrilla suavemente con la otra.

El contacto viscoso de aquella mano húmeda, la figura de aquel fraile acariciando reverentemente su pantorrilla, su piel erizada por el asco, el miedo a gritar, la indefensión y la ira lograron que Elena maldijera su atractivo.

En la periferia de mi universo había un solar convertido en escombrera. Estaba junto al cine Argel y desde él se oían las bandas sonoras de las películas que proyectaban a través de unas puertas de zinc que daban al descampado. No sé por qué, en el recuerdo tengo ligado aquel inhóspito paisaje al descubrimiento de lo prohibido.

143

Junto al portal de mi casa estaba perpetuamente abierta una carbonería regentada por un asturiano enorme y bonachón, con una dentadura perfecta y blanca que refulgía en su rostro indefectiblemente tiznado de carbonilla. Se llamaba Ceferino Lago y le recuerdo moviendo sin cesar sacos de cisco, astillas y carbón de encina. Su mujer, Blanca, era en realidad su viuda. Siempre iba vestida de alivio, guardaba silencio y un eterno gesto compungido movía a sus clientes a darle el pésame aunque nadie supiera de alguna defunción reciente en su familia.

Los carboneros tenían dos hijos, Luis, un muchacho ya con una sabiduría engolada acerca de las cosas del mundo —era capaz de detectar una puta en una mujer que fumaba— y otro cuyo nombre no recuerdo (¿Juan?), de cuya infinita capacidad de ira nunca lograré olvidarme. Tenía los mismos dientes que su padre aunque mayores, de forma que, aun con la boca cerrada, asomaban entre los labios carnosos, flácidos y húmedos. Pues bien, este vástago del carbonero, siete u ocho años mayor que nosotros, se complacía en llevarnos al solar para que pudiéramos oír las bandas sonoras de las películas cuatro, es decir, gravemente peligrosas. Recuerdo que había una clasificación hecha por la autoridad eclesiástica que nunca logré entender: las películas autorizadas, que se proyectaban raramente, las tres, las tres con reparos y las cuatro.

Ninguno entendíamos a qué se debía esta clasificación, pero era un mundo que no necesitaba explicaciones. En las taquillas de los cines, con las entradas, vendían unos cartoncillos en los que había impresos unos escudos heráldicos que llamábamos emblemas y costaban una perra gorda. Tenían un troquel triangular en la parte superior para que se sujetaran en el ojal de la solapa y una explicación en el dorso donde se decía que el precio de ese emblema era una contribución voluntaria para la reconstrucción nacional. Tampoco entendíamos qué significaba todo aquello, pero como todo el lenguaje era hiperbólico, Cruzada quería decir guerra, rojos significaba demonios, nacional quería decir vencedor, era natural que voluntario quisiera decir obligatorio, dado que, aunque se llevara la entrada en la mano, el portero no permitía entrar en la sala si el emblema no estaba bien expuesto.

Nosotros no íbamos casi nunca al cine, pero, arrastrados por la autoridad física del hijo del carbonero, nos apostábamos junto a las puertas de zinc que se utilizaban para ventilar el patio de butacas.

Escuchábamos con reverencia aquellos diálogos sin sentido y la música que envolvía aquellas voces sin comprender absolutamente nada, pero él, el hijo del carbonero cuyo nombre no recuerdo, saltaba de repente riendo nerviosamente y haciendo gestos que hoy tacharía de procaces pero entonces me parecían simplemente desvaríos.

A través de él me llegaron los primeros conceptos de algo que tuve que ocultar a mis padres. Los secretos me unían a la gente como las raíces unen los árboles a la tierra. Nunca supe exactamente en qué consistía mi secreto, pero mientras otros niños creían en la Virgen o en Franco, o en el Papa o en la Patria, yo creía en mis secretos. Tenía la sensación de que me estaba haciendo sabio. Comencé a comprender frases escritas en los urinarios del colegio y a detectar el porqué de ciertos gestos reflejados en las carteleras de los cines, aunque al mismo tiempo surgió la idea de mi padre haciendo todo aquello con mi madre a mis espaldas. Que él se dejara crecer la barba, que ella se la recortara los días que encendían el fogón –y sólo ésos–, que él encaneciera, que ella se consumiera en una tristeza pegajosa y sombría, me parecían síntomas de que algo funesto se fraguaba en mi refugio. En aquel ovillo de moralidades, el cuerpo estaba proscrito y las sensaciones que a través de él percibíamos eran buenas si eran fruto del dolor o, a nada de placer que produjeran, eran malas. La salud tenía que ver con el sacrificio mientras que la enfermedad sobrevenía siempre por la satisfacción de los instintos. Algo se nos ocultaba a los niños, que no sabíamos qué hacer con nuestro cuerpo.

Aunque terminaba venciéndome el sueño, a veces fingía dormir, pero prestaba atención a cuándo pecaban mis padres, porque, pensaba yo, algo tenían que hacer para estar tan degradados.

Ahora recuerdo con nostalgia su silencio.

¡Qué arduo, Padre, haber vencido para ser víctima de nuevo! Toda la satisfacción que me produjo durante tres años formar parte de los elegidos para encauzar el agua estigia, toda la gloria, se fue convirtiendo poco a poco en un fracaso: fracaso al cambiar mi sotana por el uniforme del guerrero, fracaso por ocultar la altivez del cruzado tras la arrogancia de la gleba, fracaso por disfrazar mi vocación bajo la sedición de una concupiscencia incontenible y fracaso, al fin, por ignorar que aquello que quería seducir me estaba seduciendo.

Mi obsesión era simplemente estar un momento solo con Elena. Por fin, un día, la encontré en su casa y le hice una visita formal para pedirle que entregara a su hijo a los cuidados paternales de la Iglesia. Mantuvimos una conversación al respecto y, de repente, sin saber cómo, me encontré postrado de hinojos ante ella. Por razones que no vienen al caso, Elena

146

había preterido su ñoñería para mostrarse ante mí con una carnalidad inaccesible que desbarató con un solo gesto todas mis convicciones. La belleza melancólica y conmovedora del Mal, Padre, provoca más adoración que miedo. Y mi alma emprendió un camino sola sub nocte per umbram, *¿recuerda?, abandonada en la oscuridad de una noche que yo desconocía. Porque Elena me atrajo y me rechazó al mismo tiempo. Enloquecí y no estoy seguro de haber recuperado todavía la cordura.*

Elena, tenemos que escapar. Sí, nos iremos. Podemos dejar al niño con tus tíos en Méntrida. Si nos escapamos lo haremos los tres. Bueno, pero tenemos que escaparnos ya. Sí. No podemos vivir de esta manera. No, no podemos. Tenemos algo ahorrado. Mis tíos me prestarán algo de dinero. No, no les pidas nada, se pondrán a investigar qué es lo que pasa. Bueno, no les pediré. ¿Cómo lo haremos? Viajes muy cortos en autobuses de línea. Nunca más de cincuenta kilómetros. Hay menos controles en el autobús que en el tren. Tardaremos una eternidad de esa manera. Tardaremos lo que haya que tardar. Lo importante es escapar. Los tres. Los tres, mi amor. Mi amor. Tenemos que llegar a Almería, allí hay pesqueros que pasan fugitivos a Marruecos por trescientas pesetas. ¿Y de dónde vamos a sacar ese dinero? Venderé todo lo que pueda. ¿También el pez de Murano que te dejó tu padre? También. No podremos llevar nada con nosotros. Nada. Siempre has dicho que era nuestro talismán. Nuestro talismán se ha muerto. Elena, amor mío. Amor.

Al día siguiente, Lorenzo llevó una carta dirigida al hermano Arcadio advirtiendo que el niño tendría que dejar de asistir a clase porque iba a someterse a una operación de amígdalas. Un proceso infeccioso aconsejaba un tratamiento previo a la intervención y su ausencia podría prolongarse hasta dos semanas. La carta llegó a manos del hermano Salvador, que preguntó al niño por qué ya no le acompañaba su mamá al colegio.

–Mi madre también tiene anginas. A lo mejor se muere.

Por la misma razón por la que nunca pregunté por qué mi padre vivía en un armario, dado que esas cosas ocurrían en la otra parte del espejo, nunca pregunté por qué mi madre dejó de acompañarme hasta el colegio. Primero me dejaba a dos manzanas y yo recorría solo el último tramo. Luego me acompañaba hasta el cruce de Alcalá y la calle Goya, y al final ni siquiera salía de casa cuando me mandaban al colegio.

Habló con las taquilleras del Metro para que me permitieran pasar por el subsuelo el único cruce peligroso que había en el trayecto, ya que, aunque había muy pocos vehículos circulando en aquella época, allí desembocaban varias calles por las que se circulaba a mayor velocidad, seguramente por su anchura. Descubrí que el Metro olía a ropa usada, tenía la temperatura del aliento y estaba iluminado con la misma luz que suele haber en la habitación donde se mueren los enfermos.

A veces, si salía con tiempo suficiente, bajaba a los andenes y esperaba la llegada del tren. Aquellos túneles eran el lugar donde se escondían los leprosos y los chirridos de las ruedas me parecían sus gritos de dolor cuando el tren los aplastaba. Me atraían tanto como me horrorizaban los arcos de las bocas negras de los túneles porque mi mundo estaba en una encrucijada a la que podían llegar todos los males. Ahora sé que tenía miedo.

Mi padre salía cada vez menos de su armario. Se quedaba encerrado aunque estuviéramos solos en casa. A mí eso me gustaba porque al regresar del colegio me acurrucaba junto a él y su silencio. Permanecíamos así durante horas hasta que mi madre rompía la quietud para darme un mendrugo de pan con chocolate.

Sobre aquel chocolate de arenisca oscura todos mis coetáneos podríamos escribir un libro de trucos para hacerlo comestible: beber leche cuando estaba a medio masticar, mojar el pan en agua para que el polvillo del chocolate se compactara o, lo que era más frecuente, roerlo poco a poco dejando tiempo para que se segregara más saliva.

A medida que pasaban los días, mi padre estaba cada vez más tiempo en el armario. Llegó un momento en que mi madre y yo comíamos en la mesa de la cocina y él en su escondite. Masticaba con una parsimonia desesperante, como si quisiera evitar el ruido que hace el pan de centeno cuando se muerde. Todo empezó a impregnarse de tristeza. Me sentí culpable porque aquel armario comenzó a adquirir el olor del Metro y a mí me parecía que eso terminaría atrayendo a los leprosos.

Sin embargo, ir y venir yo solo del colegio me proporcionaba momentos de emoción llenos de audacia. Podía detenerme en cualquier escaparate o mirar con descaro a los más débiles. Por la mañana, a la ida, solía bajar a los andenes del Metro; al regreso me paraba a observar a una anciana corcovada que cogía puntos a las medias con una aplicación tal que, si no hubiera sido por el movimiento incesante de su mano, habría jurado que era de madera, como los santos que había en el altar de la iglesia. De regreso al colegio tras el almuerzo, volvía a descender a los infiernos del Metro y, al volver a casa por la tarde, improvisaba un camino que indefectiblemente pasaba por una explanada que todos llamaban la Plaza de Toros Vieja. Allí fue donde descubrí que el hermano Salvador me seguía vestido de paisano.

Herido, Padre, en la llaga de mi orgullo y avergonzado al mismo tiempo por las obsesiones que estaban cuestionando mi vocación sacerdotal, pedí autorización en el colegio para abandonar momentáneamente el convento y el colegio. Con la ayuda que me proporcionó mi familia, me instalé en una pensión que regentaba una anciana devota de Santa Gema. Fue entonces cuando comencé a sentirme un desposeído. Mi Fe, mi vocación, mi Victoria, mi hombría, me habían sido arrebatadas por una mujer que me negaba lo que nunca llegué a pedirle. Pero me lo estaba negando desde su fracaso, desde su impiedad, desde su derrota y, ahora lo reconozco, desde su belleza. ¿Cómo una mujer desbaratada por tantos fracasos podía permanecer insensible a todos mis desvelos? Necesitaba una respuesta.

Poco a poco los muebles que quedaban en la casa de los Mazo fueron desapareciendo. Un quincallero se llevó el perchero de castaño, una vecina amable y cómplice que vivía en el ático compró la máquina de coser, un ropavejero pagó una miseria por las sábanas de lino y una colcha de ganchillo que, desde que integraron el ajuar de su abuela, no se habían usado más que en aquella noche de bodas, en la de su madre y en la de Elena. Todavía olía a pasión y a naftalina. La pareja de esa colcha se la había regalado a su hija cuando huyó con aquel adolescente poco antes de que terminara la guerra. La mesa del comedor no la quiso nadie porque era demasiado grande y la máquina de escribir se la quedó un contable de la empresa hispanoalemana para la que hacía traducciones.

La posibilidad de que Ricardo enfermara convertía la huida en algo urgente. Todos sus amigos sin excepción habían muerto o se habían exiliado y no tendrían oportunidad de recurrir a nadie en caso de que el abatimiento de su marido degenerara en algo más grave.

Ya casi habían reunido el dinero para emprender el viaje pero aquella casa desolada iba encerrando a Ricardo en el armario hasta el punto de que ni para dormir salía. El niño, que ya no iba al colegio, se pasaba las horas junto a su padre leyéndole pasajes de Lewis Carroll para arrancarle una sonrisa y guardando silencio cada vez que el ascensor se paraba en el tercero. Y llegó un día de silencios y vacíos en que alguien llamó al timbre, aguardó la respuesta que no llegó e insistió con timbrazos prolongados que suspendieron todos los latidos. La puerta aporreada y los gritos retumbando en la escalera pusieron en marcha los mecanismos de fuga sin huida: Ricardo se encerró en su armario, Lorenzo se refugió en la cocina y Elena se atusó los cabellos antes de descorrer el resbalón. El hermano Salvador vestido de seglar, destartalado y turbio, se quedó inmóvil ante la visión de Elena sorprendida por el fragor de la visita.

–Vengo a ver a Lorenzo. ¿Cómo está?

Ahora lamento no haber dicho a mis padres que el hermano Salvador me vigilaba, porque el día que se presentó en casa de improviso no estaban prevenidos. Llegó dando patadas a la puerta y gritando. Mi madre no tuvo más remedio que dejarle pasar. Recuerdo que la casa es-

taba casi sin muebles porque se los estaba llevando gente desconocida por razones que no me atreví a preguntar pero que yo atribuía a su pobreza y no a la nuestra.

Entró como una exhalación llamándome y no dejó de vociferar hasta que me encontró en la cocina fingiendo leer *Alicia en el País de las Maravillas*. Me preguntó cómo estaba, me arrancó el libro de las manos, me lo devolvió inmediatamente y me pidió, sin esperar mi respuesta, que le dejara hablar un momento con mi madre.

Durante muchos años me ha atormentado el remordimiento por haber invocado a los leprosos para que se comieran a ese energúmeno que estaba haciendo daño a mi madre, porque cuando acudí aterrorizado al oír sus gritos, vi cómo mi padre, desangelado e impotente, se abalanzaba sobre el hermano Salvador que estaba a horcajadas sobre ella, que se protegía el rostro con las manos para evitar el aliento de aquel puerco que hocicaba en su escote. Mi padre había salido del armario.

Sine sanguinis effussione, non fit remissio, es cierto, no hay perdón si no se derrama sangre. Ahora comprendo todo el significado de esa Epístola a los hebreos. Dios me había utilizado como herramienta de su justicia. Por eso me alineé con los que conquistaron imperios, con los que taparon la boca a los leones, obturaverunt ora leonum, con los que escaparon al filo de la espada, effugerunt aciem gladii. ¡Saulo, Saulo! Como Gedeón, como Barac, como Jefté y como el mismo Sansón tuve en mi mano el arma para castigar a los que, desoyendo la voluntad de Dios, se patriam inquirere, todavía buscan patria.

Llevado por un vigor en el que aún no me reconozco, Padre, arremetí contra el templo bien guardado que esa mujer me tenía vedado. Y bastó un gramo de mi ira para que salie-

ra de su escondite el instigador del mal, el abyecto organiza-
dor de ese entramado de mentiras. El marido de Elena estaba
oculto en esa casa.

Gritando algo ininteligible, Ricardo se abalanzó sobre
el hermano Salvador, que logró incorporarse llevándole
sobre sus espaldas sin comprender lo que estaba ocurriendo. Cuando logró zafarse de aquel aparecido que se aferra-
ba a su cuello como si quisiera estrangularle, le bastó un
manotazo para que su agresor volara literalmente por los
aires. Durante unos instantes prevaleció el estupor sobre la
ira y el religioso vestido de seglar se volvió hacia Lorenzo,
que estaba inmóvil en la puerta, y le preguntó:
—¿Quién es ese hombre?
—Es mi padre, hijo de puta —contestó el niño, y corrió
junto a Elena, que acababa de romper en un llanto agóni-
co y caminaba a gatas para socorrer a su marido.
Fue entonces cuando el hermano Salvador comenzó a
gritar reclamando la presencia de la policía mientras recu-
laba por el pasillo con los brazos extendidos como si quisiera cortar el paso a un ejército de demonios en fuga.

**Mi padre parecía un alfeñique comparado con la
corpulencia del hermano Salvador. Mi madre se arrodi-
lló junto al cuerpo tendido de mi padre y cuando me
acerqué me acogió en el amasijo desvalido que formaba y
mantuvo nuestros cuerpos apretados como si quisiera
ocultarnos de todas las miradas. Cuando mi padre tuvo
fuerzas suficientes para abrazarnos a su vez, los tres comenzamos un llanto que lo recuerdo como si hubiera
durado varios años. Pero no hubo años para todos. El ar-**

mario, el escondite, las mentiras y todos los silencios habían llegado a su fin.

Ricardo logró levantarse a duras penas porque la debilidad, el dolor y el peso de su mujer y de su hijo se lo impedían, pero cuando comprobó que podía caminar, avanzó por el pasillo siguiendo el sonido de los gritos del diácono, que había abierto todas las ventanas y pedía a gritos que alguien avisara a la policía.

Poco a poco fueron apareciendo rostros detrás de los visillos en las ventanas del patio, pero ninguna se abrió por si aquella locura se metía en sus hogares.

Sentí la fuerza de Yaveh en mi brazo y la ira de mi Patria en la garganta, pero yo quería justicia, no venganza. El Maligno quiso trocar mi orgullo en remordimiento y buscó la forma de humillarme.

Ahora ya no sé lo que recuerdo, porque aunque veo a mi padre sentado a horcajadas en el alféizar de una de las ventanas del pasillo, aunque le oigo despedirse de nosotros con una voz dulce y serena, mi madre dice que se arrojó al vacío sin pronunciar una palabra.

Se suicidó, Padre, para cargar sobre mi conciencia la perdición eterna de su alma, para arrebatarme la gloria de haber hecho justicia.

Ricardo dudó un instante antes de arrojarse a aquel patio del que llevaba tanto tiempo protegiéndose. Se tomó, ya vencido hacia el vacío, el tiempo suficiente para mirar a Elena y a su hijo con una sonrisa triste como las que suelen usarse en las despedidas tristes.

Debe de tener razón ella, porque no he podido olvidar nunca la mirada de mi padre precipitándose al vacío, su rostro sonriente mientras el patio engullía su cuerpo abandonado, aunque esto es imposible porque mi estatura no me permitía entonces asomarme a esa ventana.

Aquí termina mi confesión, Padre. No volveré al convento y trataré de vivir cristianamente fuera del sacerdocio. Absuélvame si la misericordia del Señor se lo permite. Seré uno más en el rebaño, porque en el futuro viviré como uno más entre los girasoles ciegos.

ÍNDICE